KB049007

감 정 도 서 관

사색하는 머무름, 머무르는 사색들

감정도서관

정강현 산문집

인폴리오

차례

프롤로그 • 9

1

___

머뭇거리다: 마음에 쉼표를 찍는 순간 • 17

시큰거리다: 딱 그만큼의 슬픔에서 멈출 때 • 26

소중하다: 시간이 자주 빼앗아 가는 것 • 36

애통하다: 슬픔의 비명 소리 • 44

애틋하다: 세상의 모든 B급에게 • 52

두근거리다: 모든 심장의 첫 멜로디 • 59

뜨끈하다: 옆은 모르는 곁의 온도 • 65

부풀다: 연애와 결혼의 밑감정 • 73

공감하다: 마음의 전류가 흐를 때 • 83

가난하다: 크리스마스의 마음 • 95

2

자만하다: 삶에 보내는 긍정의 시그널 • 105

기울다: 마음이 들리는 순간 • 113

막막하다: 슬픔이 얼어붙는 순간 • 123

허무하다: '그렇다고 하더라도'의 마음 • 130

설레다: 꿈이 꿈틀대는 순간 • 137

욕망하다: 거위의 꿈? 거품의 꿈! • 146

순수하다: 순결해서 위태로운 고집 • 155

단념하다: 마음을 잘라내는 마음 • 165

무참하다: 당신은 모르는 슬픔 앞에서 • 175

가련하다: 같은 아픔에 이웃하는 마음 • 182

3

후회하다: 다시는 되찾을 수 없는 마음에 대하여 • 193

호젓하다: 가만히 내려앉는 생을 기억하며 • 203

참혹하다: 감히 가늠할 수 없는 비통함 • 210

무너지다: 마음의 건축학개론 • 220

벅차다: 까슬까슬한 성장통의 마음 • 231

비뚤다: 정치의 마음 • 240

꼿꼿하다: 저절로 굳어버린 마음에 대하여 • 249

아련하다: 일부러 흐려진 마음 • 259

가엽다: 울음을 참는 자의 표정 • 267

애끊다: 작별할 수 없는 슬픔 • 276

에필로그 • 287

추천의 글 • 291

프롤로그

　당신은 늦은 밤을 좋아한다. 하나둘 불빛이 꺼지고 거리의 사람들도 자취를 감추는 깊은 밤. 밤이 익으면 종일 고된 노동을 채찍질하던 도시도 물컹해져서 아무렇게나 대할 수 있을 것처럼 만만해진다. 밤의 도시를 거슬러 집으로 돌아오는 길은, 그래서 성가신 사회적 삶을 내팽개치고 당신의 내면에만 집중할 수 있는 시간이기도 하다. 당신의 마음이 오롯이 얼굴을 드러내는 밤, 그러나 가만히 그 마음의 얼굴을 들여다보는 일이 낯설었던 밤, 그런 밤을 떠올려 본다. 언제나 그렇듯 마음이 한 가지 표정만

짓는 날은 거의 없다. 그럴 때면 누군가 당신 마음을 대신 읽어줬으면 싶다. 그런데 그런 일이 가당키나 한 것일까. 당신조차 알 수 없는 마음을 도대체 누가 명쾌하게 해명할 수 있을까.

일본 작가 히라노 게이치로가 '분인(分人)'이란 혁명적인 개념을 제안했을 때, 그러니까 한 사람은 나눠질 수 없는 개인(個人)이 아니라 타인과 맺는 관계에 따라 여러 갈래로 나뉜 채로 존재한다는 명제를 꺼냈을 때, 당신은 마음도 그럴 수 있지 않을까 생각해 본 적이 있다. 한 사람을 하나의 단어로만 표현할 수 없듯, 누군가의 마음도 하나의 단어로만 풀어낼 순 없다는 것. 그러니까 '분인'으로서의 인간은 '분심(分心)'들로 복잡하게 구축된 영혼의 성채라는 것. 당신의 이런 생각을 마냥 반박하기는 쉽지 않다. 이를테면 슬픔만 해도 그렇다. '슬프다'는 말로는 도무지 해명이 안 되는 슬픈 마음이 있는 것이다. 슬픈 마음은 그 슬픔의 농도와 강도에 따라 애끊거나 애달프거나 애통한 마음으로 분절될 수 있다. '슬프다'는 말로는 감당할 수 없는 어떤 마음의 무게가 '분심'의 언어를 통해서만 겨우 해명될 수 있다.

그러니까 당신이 '분심'이란 덜 익은 개념을 떠올린 것
도 어떤 막연한 믿음 때문일 것이다. 마음의 말들을 세심
하고 세밀하게 다룰 때 감춰진 마음의 실체를 희미하게
나마 밝혀낼 수 있다고, 당신은 믿고 있으니까. 당신이 들
어본 적 있는지 모르겠지만 프랑스 동요 〈인생은 뭐예요
(La vie c'est quoi?)〉에는 이런 대목이 있다. 동요에서 딸이 묻
는다. "아빠, 감정이란 게 뭐예요(C'est quoi l'émotion)?" 아빠
는 따뜻하지만 단호하게 답한다. "밝혀지는 영혼이란다
(C'est l'âme qui s'allume)." 감정을, 그러니까 마음의 움직임을
세밀히 관찰할 때 감춰진 영혼의 모습이 밝혀질 수 있다
는 것. 이 동요에 도무지 아니라고 할 수 없는 진실이 웅
크리고 있다고 말한다면, 당신 역시 고개를 끄덕일 테지.

하지만 어쨌거나 그것은 영혼의 일. 눈으로 직접 보거
나 손으로 직접 만져서는 도무지 알 수 없는 것. 그러므
로 당신이 맨 처음 던진 질문으로 돌아갈 수밖에 없다. 누
군가 대신 마음을 읽어줄 순 없을까. 그런 일은 가능할까.

당신도 긍정했듯 마음이란 결국 영혼이 관여하는 일이다. 이것은 태곳적부터 움직이지 않는 확고한 진실이다. 사람들은 마음의 실체를 밝히고 싶어 자신의 영혼을 갈아 넣은 책들을 적어왔다. 문학과 철학과 역사의 틀에서 마음의 일들을 해명하고자 애쓴 흔적들이 셀 수 없이 많은 책들에 담겨있다. 당신은 그래서 늦은 밤이면 습관처럼 여러 책들을 뒤적인다. 나조차 알 수 없는 마음의 말들을 어떤 책들은 가만히 들어준다. 그러면서 슬쩍 해답에 가까운 이야기를 건네는 것이다. 소설 속 어떤 인물이, 시 한 줄에 응축된 진실 한 토막이, 철학적 명제가 웅크리고 있는 한 문장이 당신조차 알 수 없는 마음을 해명해 주는 기적적인 일이 가끔은, 아주 가끔은 분명히 일어난다.

늦은 밤이다. 언제나 그렇듯 고된 하루 노동에 지칠 대로 지쳐버린 밤. 지하철은 낚시꾼의 그물을 겨우 벗어난 물고기 떼처럼 다급하게 사람들을 실어 나른다. 당신은 마찬가지로 지친 표정의 사람들 틈에 섞여 집으로 돌아간다. 쓸쓸하고 고단해 보이는 얼굴들. 수십 수백 개의 거울을 펼쳐놓은 듯 똑같은 표정의 얼굴들이 한 객차에 실려 집으로 돌아간다. 그러나 저들의 쓸쓸함은 같은 쓸쓸함이 아닐 것이다. 그 자신조차 구별할 수 없는 마음의 세밀한 질감을 알아낼 길은 없을까.

　당신이 즐겨 외우는 정현종의 시(「마음먹기에 달렸어요」) 한 토막을 따라 읊어볼까. '마음먹기에 달렸어요 / 마음을 안 먹어서 그렇지 / 마음만 먹으면 / 안 되는 일이 없어요' 이 시를 처음 읽었을 때, '마음을 먹는다'는 표현이 이상하게 낯설었다고 당신은 말한 적이 있다. 한국어 공동체는 어째서 마음을 먹는 음식에 빗댔을까. 그것은 실은 마음이 생명에 관여하는 것이기 때문일 거라고 당신은 유추했는데, 실로 반박하기 힘든 이야기다. 마음의 질병이 육체의 질병으로 옮겨붙는 일을 우리는 자주 목격하니까. 마음이 무너져 스스로 목숨을 버리는 일이 하루에도 수십 건씩 벌어지는 곳이 이곳 한국 사회이니까. 그러니까 인간이란 결국 하나의 마음이라는 이야기. 음식을 먹지 않으면 생명이 끊어지듯 마음을 먹지 않으면 끝내 우리 육체도 무너지고 말 거라는 이야기. 당신이 언젠가 들려준 이 이야기에 기꺼이 동그라미를 그리면서, 정현종의 저 아름다운 시를 이렇게 뒤틀어 보는 건 어떨까. '마음 알기에 달렸어요 / 마음을 몰라서 그렇지 / 마음만 잘 알면 반짝이지 않는 인생은 없어요'

마음알기의 소중한 가치를 아는 당신은 지금 여러 빛깔의 책들 앞에 앉아 있다. 저 숱한 책들은 어떤 영혼의 내전 기록들이다. 제 마음에서 벌어지는 영혼의 일들을 인간의 언어로 풀어내기 위해 치열하게 분투했던 흔적들이다. 온갖 책들로 가득한 당신의 서재는 실은 마음의 일들을 해명해 주는 '감정도서관'이기도 한 것이다. 모든 것은 마음 알기에 달렸다. 마음을 몰라서 그렇지 마음만 잘 알면 반짝이지 않는 인생은 없다. 책은 당신의 마음을 세심하게 진단하고 적절한 처방전을 건넬 것이다. 늦은 밤. 밤은 익어가고 도시는 물컹해지는 시간. 사회적 삶을 내팽개치고 오로지 내면에만 집중할 수 있는 깊은 밤. 감정도서관의 문은 항상 열려있다. 당신이 마음의 문만 활짝 열 수 있다면.

*『광휘의 속삭임』「마음먹기에 달렸어요」, 정현종, 문학과지성사, 2008

1

머뭇거리다: 마음에 쉼표를 찍는 순간

시큰거리다: 딱 그만큼의 슬픔에서 멈출 때

소중하다: 시간이 자주 빼앗아 가는 것

애통하다: 슬픔의 비명 소리

애틋하다: 세상의 모든 B급에게

두근거리다: 모든 심장의 첫 멜로디

뜨끈하다: 옆은 모르는 곁의 온도

부풀다: 연애와 결혼의 밑감정

공감하다: 마음의 전류가 흐를 때

가난하다: 크리스마스의 마음

머뭇거리다: 마음에 쉼표를 찍는 순간

비행기 타는 시간은 각별하다. 어린 시절처럼 비행기 자체에 어떤 판타지가 있어서가 아니다. 오히려 매우 실용적인 이유에서 나는 비행기에서의 시간을 아낀다. 일상적으로 노동에 지쳐있는 나로서는 비행기에 오르는 순간 외부와 완벽히 차단되는 상황이 소중한 것이다. 비행기 좌석에 앉자마자 휴대전화를 비행 모드로 전환하면, 나는 전에 없던 안식으로 들어간다. 비행기가 이륙하고 항로를 따라가는 동안 그 누구도 내게 업무를 이유로 연락할 수 없다. 전쟁터에서 끝을 알 수 없는 공격을 받다가 아무도 찾을 수 없는 방공호로 슬그머니 숨어버린 기분이랄까.

지구의 어느 상공에서 비로소 이뤄진 노동해방! 구름 위를 미끄러지는 비행기 안에서 와인 한 모금을 삼키며 나는 한껏 고무된다.

한국 사회에서 대개의 직장인이 그렇겠지만, 실시간으로 쏟아지는 뉴스를 따라가야 하는 언론 노동자 입장에서 '카톡 감옥'은 문자 그대로 감옥이다. 아침에 눈을 떠서 잠들 때까지, 아니 잠을 자는 동안에도 뉴스와 연관된 업무용 카톡이 나를 잠식한다. 카톡- 카톡- 카톡- 카톡…. 이 불쾌한 신호음은 노동을 채근하는 채찍 소리처럼 들린다. 일의 시간이 아니라면, 내겐 시간이 없는 셈이다. 일찍이 독일 시인 리하르트 데멜도 이렇게 노래한 적이 있다.

> 우리는 잠잘 곳이 있네, 아이도 하나 있네, 내 아내! /
> 우리는 일도 있네, 심지어 둘이서 / 또 햇빛도 비도 바람도 있네 / 다만 사소한 게 하나 없으니, / 새들처럼 그렇게 자유로울 수 있는, 시간이 없네
>
> _리하르트 데멜, 「일하는 사내」 중에서

데멜의 탄식은 정확히 내 마음과 공명한다. 도무지 시간이란 게 없는 나는 새를 닮은 비행기에서 새처럼 자유로울 수 있는 시간을 탐하는 것이다. 비행 중이라는 핑계로 인위적으로라도 저 노동의 기계음을 차단해 버리고 싶은 강렬한 욕망. 그것이 휴가차 떠나는 해외여행이든 업무차 떠나는 출장이든 무관하다. 비행기에 오르자마자 휴대전화 전원 버튼을 꺼버리는 것만으로도, 나는 잠시 완벽한 쉼터에 입소한다.

가장 최근에 입소한 '완벽한 쉼터'는 가족들과 영국으로 가는 아시아나 비행기였다. 결혼하고 아이가 생기면 함께 영국에 가겠다는 것은 내 버킷 리스트 가운데 하나였으므로, 이번 비행길은 더 각별히 소중했다. 20년 전쯤 나는 영국 첼튼엄이란 곳에서 공부하고 일했다. 당시 스물여섯이었던 나는 나를 닮은 아이가 태어나면 그 아이를 첼튼엄으로 데려오겠다는 꿈을 품었다. 내가 공부하던 대학이며 일하던 병원이며 단골 카페며 내 아이에게 직접 보여주고 싶었던 것이다.

스물여섯의 나는 영국에서 일하고 공부하면서도 무언

가에 쫓기는 마음이 없었다. 아무렇게나 꿈꾸고 상상하며 내 미래를 만만하게 여겼는데, 시간에 관해서라면 한가롭고 넘쳐났던 젊음의 특권이었던 셈이다. 세월이 흘러 내게도 아이가 생기면, 그런 각별한 특권에 대해 꼭 일러주고 싶었다. 그리고 20년이 지나 마침내 그 꿈이 이뤄지는 순간이 다가왔고, 나는 아이의 손을 잡고 런던행 비행기에 오른 것이었다.

늘 그렇듯 비행기에 오르자마자 휴대전화 전원 버튼부터 꺼버리고, 아이와 영국이란 나라에 대해 대화하기 시작했다. 아이가 지루해하면 잠시 멈추고, 각자 하고 싶은 대로 시간을 아무렇게나 보내기도 했다. 아이는 곁에서 게임을 하고, 나는 미뤄뒀던 독서를 하기로 했다. 뉴스를 마구잡이로 밀어 넣는 카톡도 업무를 채근하는 전화도 없는 곳에서, 나는 다만 안온했다.

불 꺼진 객실에서 핀 조명을 켠 채 책 한 권을 집어 들었다. 영국으로 떠나면서 두 권의 책을 챙겼는데, 그중 하나가 한병철의 『시간의 향기』였다. 페이지가 너덜너덜해질 정도로 여러 번 읽었던 책인데, 20년이란 시간을 거슬러 아이의 손을 잡고 영국으로 떠나는 길에 또 한 번 펼쳐 보고 싶었다.

『시간의 향기』는 시간을 공간화하는 제목부터가 매력 적인 책이다. 향기가 퍼져나가듯 시간이 공간을 채우는 이미지부터 떠오른다. 200쪽이 채 안 되는 두께지만, 만만 치 않은 두터운 질문을 던지는 철학 서적이어서 읽을 때 마다 새로운 물음을 품게 된다.

책은 '오늘날의 피로사회는 시간 자체를 인질로 잡고 있다'는 도발적 문장으로 시작하는데, 저 명제를 쉽게 반 박하긴 어렵다. 내가 비행기에 오를 때래야 겨우 일의 시 간으로부터 해방감을 느끼는 것처럼, 대개의 한국인들은 일의 시간에 속박된 채 살아가는 게 사실이다.

한병철은 일의 시간에서 달아나 사색적 머무름에 도달 할 때, 비로소 시간의 향기를 확보할 수 있다고 주장하는 데, 이 복잡한 철학적 서술을 단순화하자면 이런 이야기 다. 일에 사로잡힌 일상에서도 어떻게든 가만히 사색할 수 있는 여유를 되찾아야 한다는 것. 그것만이 노동에 질 식되지 않고 인간적 가치를 회복시킬 수 있는 유일한 방도라는 것.

영국에 도착한 뒤로도 비행기에서 다시 마주친 '사색적 머무름'이란 키워드가 내내 맴돌았다. 마침내 런던을 출발해 첼튼엄으로 향하면서 나는 '시간의 향기'라는 제목에 대해서도 새삼 곱씹게 됐다. 핸들이 우측에 있는 렌터카를 어색한 자세로 운전하면서 뒷좌석에 잠든 아이를 힐끔힐끔 바라봤다. 20년 전 이곳 영국에서 생활할 때는 이 세상에 없었던 존재가 지금은 사랑스러운 모습으로 내 곁에 있다. 기자로 살아왔던 지난 20년간의 세월은 노동에 짓눌려 대체로 힘겨웠지만, 나를 꼭 닮은 존재가 곁에 있다는 것만으로도 지난 시간들은 향기로운 것임에 틀림없었다.

과연 영국 첼튼엄은 20년 전 모습 그대로였다. 불과 몇 개월 사이에도 풍경이 몰라보게 바뀌는 우리와 달리, 영국은 건물도 골목도 집들도 대체로 과거 모습을 그대로 지키는 편이다. 20년 전 내가 살던 집도 일했던 병원도 그 자리에 그대로 있었다. 심지어 단골이었던 조그만 햄버거

가게조차 간판까지 옛 모습 그대로였다. 어쩌면 이 고집스러운 풍경은 영국인들 특유의 머뭇거리는 마음 때문이 아닐까 싶었다. 일에 쫓기고 세월의 압력에 짓눌리면서도 그들은 시간 앞에 머뭇거리는 마음을 품는 것 같았다.

황급히 내달리는 일상에서 머뭇거리는 마음은 소중하다. 머뭇거린다는 것은 시간의 흐름을 가만히 사유해 본다는 뜻이기도 하다. 머뭇거리며 복잡한 일상에서 한발 물러설 때, 역설적으로 지금 이 순간이 더 각별하게 다가온다는 것. 20년 전 모습 그대로 살아가는 영국인들을 바라보며, 나는 머뭇거림의 소중함을 다시 새기게 됐다.

머뭇거린다는 것은 마음에 쉼표를 찍는 일이다. 도돌이표가 달린 듯 무의미하게 돌아가는 일상에서 한 발 빼는 일이다. 마음에 쉼표를 찍고, 내 삶과 소중한 인연들을 가만히 되돌아보는 것. 시간이 향기를 낸다는 한병철식 '사색적 머무름'의 숨은 뜻도 이와 다르지 않을 것이다.

20년이란 시간이 흘러 나는 내 아이와 20년 전의 내 소중한 공간에 도착했다. 20년간 그 모습 그대로인 첼튼엄에서 머뭇거리는 마음에 대해 가만히 사색했다. 첼튼엄다운타운 한복판에는 과거의 내가 주말마다 찾던 스타벅스가 있었는데, 내부 인테리어만 조금 바뀌었을 뿐 의자 위치까지 20년 전 그대로였다.

20년 전 내가 앉은 자리에 20년 뒤 내 아이가 앉아 있었다. 나는 조금 울컥했다. 숨가쁜 일상에서 마음에 쉼표를 찍자 당연한 것들 앞에서 머뭇거리는 내가 보였다. 일에 짓눌린 시간에서 머뭇거리며 잠시 멈춰설 때, 일상의 소중함은 더 간절해진다. 마음을 머뭇거리는 그 순간에 향기로운 시간은 비로소 피어난다.

시큰거리다: 딱 그만큼의 슬픔에서 멈출 때

대학 때 문학을 전공했지만, 시를 쓰는 일이 육체노동일 수 있다는 생각을 해 본 적은 없었다. 무릇 문학은 영혼의 고상한 서식지여서 육체가 아닌 정신의 소관이라고 굳게 믿었던 것이다.

그 생각이 뒤집힌 건 신문사에서 문학 담당 기자로 일할 때다. 직업상 여러 유형의 소설가와 시인을 접하게 됐는데, 매일 출근하듯 도서관이나 독서실에 나가서 작품을 쓰는 작가들이 적잖았다. 어떤 작가들은 하루 8시간씩 작업 시간을 정해놓고 저녁 6시가 되면 쓰던 원고를 덮고 '퇴근'하는 일상을 살고 있었다. 하루만큼의 원고를 쓰고 나면, 몸이 탈진해 허기가 진다는 작가들도 여럿 봤다.

　문학이 정신이 아닌 몸의 일일 수도 있겠다는 생각을
어렴풋하게 하게 됐을 때쯤, 한 젊은 시인과 저녁 식사를
했다. 그날 시인은 유난히 몸에 관한 시어를 자주 꺼냈는
데, 나는 그가 풀어내는 몸의 시학에 문득 가슴이 설렜다.
이를테면 그는 이런 시를 적은 적이 있다.

　　저녁에 무릎, 하고 / 부르면 좋아진다 / 당신의 무릎,
　　나무의 무릎, 시간의 무릎, / 무릎은 몸의 파문이 밖으
　　로 빠져나가지 못하고 / 살을 맴도는 자리 같은 것이
　　어서 / 저녁에 무릎을 내려놓으면 / 천근의 희미한 소
　　용돌이가 몸을 돌고 돌아온다
　　　　　　　　　　　　　　　_김경주, 「무릎의 문양」 중에서

　몸의 파문이, 그러니까 마음이 만들어 내는 감정의 파
동이 빠져나가지 못한 육체의 문양이 무릎이란 것. 마음
이 몸과 착근되는 지점을 정확히 포착한 그의 시적 몽상
이 아찔해서 나는 그의 팬이 되겠노라 고백했었다. 그리

고 그로부터 몇 달 뒤 그의 신작 『밀어(密語)』를 받아 들었다. 책 표지에 적은 기록을 보니 2012년 1월이다. 개인적으로도 몸에 관해 심란했던 시기다. 그해 우리 부부는 난임 치료를 본격적으로 시작했다. 몸이 다른 몸을 낳는, 자연의 법칙이 우리 부부에겐 해당되지 않는다는 선고를 받은 것. 그 고통의 시기에 몸에 관한 시적 몽상을 풀어낸 그의 글들은 묘한 위안이 됐다.

시인은 몸과 관련한 몽상을 마흔여섯 갈래 펼쳐놓았다. 철학·인류학·사회학적 진술을 끌어오면서도 끝내 시적인 문장으로 넘실대는 글들. 그 문장은 몸을 타고 흘러내리고 있었다. 예컨대 그는 발가락을 꼼지락거리며 "발가락은 아래 하의 세계이다. 발가락은 아래의 세계에 다정하게 모여 산다"고 쓰고, 핏줄을 더듬으며 "피는 육체를 버리고 싶어 움직인다. 피는 몸속으로 숨어버린 살이다"라고 적었다.

아이를 낳을 수 없어 난임 치료를 시작하던 즈음, 몸을 탐구하는 글을 읽자니 만질 수 없는 꿈을 바라보는 듯 마음이 시큰거렸다. 슬픔이 임박했지만 차마 눈물에는 도달하지 못했을 때, 마음은 시큰거린다. 그것은 더 큰 슬픔을 암시하는 것이기도 하지만, 바꿔 말하면 마음먹기에 따라서 딱 그만큼의 슬픔에서 멈출 수 있다는 신호이기도 하다. 몸을 가질 수 없어 몸을 꿈꾸던 그 시절, 나는 언젠가 우리 부부에게 도달할지도 모를 아이의 몸을 상상하며 자주 시큰거리는 마음을 눌러대곤 했다.

난임 치료의 지난한 과정을 다 통과한 뒤에 어렵게 아이를 만났지만, 김경주의 『밀어(密語)』를 읽던 당시 유난할 정도로 곱씹어봤던 몸의 이야기는 오래도록 내 곁을 맴돌았다. 특히 스포츠 경기를 볼 때마다 나는 몸이 만들어 내는 기적적인 장면들에 탄복했는데, 그것이 육체 하나로 뚫고 가야 하는 우리 인생의 축소판이란 생각이 들어서였다.

결국 나 홀로 외로운 승부를 벌여야 한다는 점에서, 스포츠와 인간의 삶은 닮은 구석이 많다는 것. 육상이나 수영처럼 혼자 하는 경기는 말할 것도 없고, 축구나 야구처럼 팀을 이뤄서 하는 경기조차 결정적인 순간엔 개별 선수가 전체 경기의 운명과 맞서야 하는 경우가 많다. 어쩌면 우리 모두는 숨을 헐떡이며 인생이란 경기장을 뛰어야 하는, 외로운 승부사가 아닐까.

어떤 특정 스포츠에서 정점에 올랐던 선수들의 삶은 그래서 경이롭다. 스포츠도 문학처럼 육체와 성신이 두루 관여하는 노동일 텐데, 이른바 '레전드'로 불리는 선수들은 현역 선수로 뛰는 짧은 기간 동안, 한 사람이 평생에 걸쳐 겪어야 할 육체적 고통과 감정의 기복을 한꺼번에 체험한다. 그들이 선수 생활을 마감하고 은퇴하는 순간을 "생명이 끝났다"고 표현하는 것도 그런 이유에서다. 그들은 스포츠 선수로서 밀도 높은 한 인생을 충실히 살아내고, 은퇴를 하면서 그 삶에 영예로운 종지부까지 찍는 것이다.

몇 해 전 스피드 스케이팅 선수 이상화의 은퇴 기자회견을 보면서, 어떤 장엄한 장례식에 참석한 것처럼 숙연해졌던 것도 그 때문이다. 진짜 장례식과 다른 점이 있다면, 생명을 다 소진한 주인공이 직접 참석해 자신의 소회를 밝히고 있다는 것 정도였다. 이상화는 선수 인생을 마감하는 은퇴 회견에서 자신의 지난 삶을 이렇게 회고했다. "힘들어도 포기하지 않고, 안 되는 걸 되게 한 선수로 남고 싶습니다." 말하자면 이것은 선수 인생을 마감하는 이상화의 유언과도 같은 말이었다.

하지만 사실 이날 회견에서 내 마음을 무너뜨린 건 이 군더더기 없는 유언이 아니었다. 이상화는 자신이 선수 생활에 마침표를 찍을 수밖에 없었던 이유 역시 상세히 설명했는데, 나는 이 대목에서 조금 울컥했다. "다음 목표를 생각하고 더 달리려 했지만 무릎이 말을 듣지 않았습니다."

더 이상 무릎이 말을 듣지 않아서 멈출 수밖에 없었다는 말을 하면서, 그는 눈물을 보였다. 그 고백에서 나는 인생의 한고비를 넘고 있는 자의 목소리를 들었다. 인생의 축소판인 스포츠에서 그가 겪은 낭패감은 실은 진짜 인생을 살아가는 우리도 흔히 겪는 일이다. 특히 인생의 반환점이라고 할 수 있는 중년의 시기를 지나다 보면, 자주 그런 생각에 빠져들곤 한다. 아, 더 이상 내 지성과 열

정의 무릎이 말을 듣지 않는구나.

극한 경쟁이 일상처럼 이어진다는 점에서, 스포츠와 인생은 꼭 닮았다. 무릎이 더 이상 말을 안 듣는다는 건 어쩌면 더 이상 경쟁에 매몰되지 말라는 경고인지도 모르겠다. 젊음의 때를 지나고 중년에 다다르고 보면, 숱한 경쟁에 지쳐버리는 순간이 온다. 지성과 열정의 무릎이 시큰거리기 시작하는 것이다. 그러나 이 신호는 경고등이라기보다 방향등에 가깝다. 누군가를 짓밟아야만 살아남는 무한 경쟁의 삶에서 뒤처진 이웃을 끌어주고 함께 걸어가는 공존의 삶으로, 삶의 방향을 틀어야 한다는 신호 말이다.

인생의 중턱이라는 중년에 이르면, 대개 자기 자신만이 아닌 타인을 책임져야 할 지위에 오른다. 가정과 사회에서 누군가를 이끌어야 하는 위치에 서면, 자연스레 타인에 대한 이해의 폭도 넓어지게 된다. 비록 지성과 열정의 무릎은 시큰거릴지라도, 지혜와 관용의 마음은 넉넉해지는 시기인 것이다.

스포츠와 인생은 많은 부분 닮았지만, 결정적으로 다른 점이 있다. 스포츠는 경쟁하지 않는다면 존재할 이유가 없지만, 인간의 삶은 경쟁하지 않고도 공존할 수 있다는 것. 무릎이 말을 듣지 않아 선수 인생에 마침표를 찍은 이상화는 '자연인'으로서 이런 포부를 밝혔다. "이젠 누구와도 경쟁하지 않고 여유롭게 살고 싶습니다."

이 말을 들을 때 내 마음은 시큰거렸다. 그리고 시큰거리는 마음이란 무언가 얼른 내려놓으란 신호라고, 나는 믿게 됐다. 그래서 중년의 문턱을 넘어선 나 역시 시큰거리는 무릎을 매만지며 이렇게 다짐해 보는 것이다. 경쟁은 멀리, 공존은 가까이.

『밀어(密語)』에서 김경주 시인은 무릎을 "살 속에 숨어 있는 마을"이라고 적었다. 무릎을 만질 때마다 그 마을이 살 속에서 동글동글 움직인다고. 언젠가 지성과 열정이 시큰거리는 중년의 때가 오면, 당신도 가만히 무릎을 만져보기를. 경쟁 따위는 내려놓고 동글동글 함께 살아가라고, 무릎이 들려주는 이야기에 가만히 귀 기울여 보기를. 다툼을 내려놓고 함께 마음이 고이는 순간, 시큰거리

는 마음은 딱 그만큼의 슬픔에서 정지 버튼을 눌러줄 것
이다.

* 『기담』 「무릎의 문양」, 김경주, 문학과지성사, 2008

소중하다: 시간이 자주 빼앗아 가는 것

　언젠가 어느 글에 이런 문장을 적은 적이 있다. "아무래도 내일보다 오늘이, 오늘보다 어제가 인간에 가까운 시간인 것 같다." 지난 시간을 추억하는 일의 아름다움을 강조하려고 쓴 것이지만, 실은 시간에 대한 내 고유한 관점이 빚어낸 문장임을 부인하기 어렵다. 시간에 관해서라면, 나는 강고한 보수주의자이다. 다가올 시간보다는 지나온 시간을 더 아름답게 여기고, 내일이 성큼 다가오는 대신 오늘이 더디 흘러가기를 애타게 희망하는 쪽인 것이다.

유난히 사진 찍기에 열심을 내는 것도 그런 보수적인 시간관 탓인지도 모르겠다. 좋은 시간이란 금방 지나가게 마련이므로, 그런 순간이 찾아왔을 때 얼른 알아보고 붙잡아둬야 한다는 어떤 절박함. 시간을 영원히 붙잡아 둘 방법 같은 건 이 세상에 없다는 사실을 잘 알면서도, 그렇게라도 붙잡아 두지 않으면 영영 아름다운 순간을 잃어버릴 것 같아서, 나는 사진기 셔터를 눌러가며 시간을 열심히 오려내곤 했다.

간혹 행복한 순간들이 계속 이어지는 드문 시기엔 조바심이 날 때도 있다. 그럴 땐 아예 시간을 뒷걸음질 치고 싶은 유혹에 빠진다. 이를테면 내겐 2020년 미국에서의 1년이 그랬다. 한국을 떠나 미국의 한 대학에서 연수 생활을 하면서 나는 중요한 일 대신 소중한 가족을 일상에 품었다. 그 시기에 나는 중요한 존재와 소중한 존재의 차이를 명확하게 깨달았는데, 그 둘의 미묘한 격차에 대해서라면 김소연 시인이 이미 이렇게 단언한 적이 있다. "소중한 존재는 그 자체가 궁극이지만, 중요한 존재는 궁극에 도달하기 위한 방편이다." 말하자면 나는 20년 가까이 중요한 회사 업무에 짓눌려 지내느라 그 자체로 궁극인 소중한 가족을 소홀히 했던 셈인데, 그 1년간의 미국 생활을 통해 온전한 역전을 이룬 셈이었다.

하지만 시간의 관성은 무자비해서 연수를 마치고 돌아온 뒤로 슬금슬금 재역전이 일어나고 있다. 나는 또다시 중요한 일에 파묻혔고, 소중한 가족과의 시간을 지켜내기에 힘이 부친다. 온전히 가족과 시간을 공유했던 미국 생활을 추억하며 옛 사진들을 꺼내보지만, 다시금 소중했던 시간으로 되돌아갈 방도는 없다. 밀려드는 과거의 시간 앞에서 나는 무력하고, 어제의 시간은 만질 수 없는 곳에서 꼼짝하지 않는다. 아, 인생은 서글퍼라. 소중한 순간은 늘 숨 가쁘게 지나가고, 시간을 되돌릴 길은 없다.

현실에서 불가능한 일도 문학이란 실험장에선 가능하지 않을까. 모르긴 몰라도, 미국 소설가 스콧 피츠제럴드 역시 나와 비슷한 무력감에 빠진 적이 있었던 모양이다. 시간을 붙잡을 수도 되돌릴 수도 없는 인간의 근원적인 무력감. 피츠제럴드는 그 무력감에 맞서 흥미로운 문학적 실험을 했다. 아예 시간을 거꾸로 살아가는 인물을 창조해 낸 것. 훗날 영화로도 만들어진 『벤자민 버튼의 시간은 거꾸로 간다』는 시간에 맞선 인간의 무력감을 비틀어 본 작품이다.

피츠제럴드의 이 소설은 미국에서 돌아온 뒤 줄곧 내 서재 한쪽을 지켰다. 나는 이미 수년 전에 이 책을 읽었지만, 틈날 때마다 다시 펼쳐보며 소설 속 주인공 벤자민의 기묘한 체험을 동경했던 것이다. 벤자민은 어떤 인물인가. 그는 노인으로 태어나 갓난아이로 죽는다. 인생을 완벽히 거꾸로 살아본 사람인 것이다. 갓 태어난 벤자민이 제 아버지에게 던진 첫마디가 이렇다. "당신이 내 아버지인가?" 70세 노인의 육체와 정신을 갖고 태어난 신생아라니! 그러나 벤자민은 시간이 갈수록 늙음을 벗어던지고 젊음으로 옷을 갈아입는다. 삶의 행로가 늙음에서 젊음으로 거꾸로 흘러갔으므로, 그는 행복했을까.

이 발칙한 작품에서 피츠제럴드는 명확한 대답을 제시하진 않는다. 다만, 시간을 거꾸로 살면서 인간관계가 뒤틀어질 대로 뒤틀어진 벤자민을 다소 신경질적으로 묘사할 뿐. 그러니 벤자민의 뒤집힌 인생 항로가 특별히 행복했노라 말하는 것은 부정확한 답변일 것이다. 거꾸로 살아본들 삶의 유한성을 거스를 길은 없고, 어느 방향이건 인생은 대체로 희극보다는 비극에 가깝다는 것. 나는 마침내 갓난아이가 되어 죽음에 도달한 벤자민을 가만히 안아주고 싶어졌다.

벤자민의 이 기묘하고 안타까운 인생 항로를 떠올리며 요즘의 내 일상을 곱씹어 보는 일은 쓸쓸하다. 언론사 정치부에서 일하는 나는 복잡한 정치 사안을 추려내고 그것을 뉴스로 선별해 제작하는 일상을 산다. 정치는 중요한 일이지만, 그 중요한 일의 무게에 짓눌려 내 소중한 존재들은 후순위로 밀린다. 일주일 단위로 따지자면 정치인과 교류하는 시간이 가족과 공유하는 시간을 압도적으로 추월한다. 나는 소중함을 지불하는 대가로 중요함을 겨우 취하는 시간을 견디는 중인 것이다. 무자비하게 돌진하는 시간은 중요한 것을 잔뜩 쌓아 올리면서 동시에 소중한 것을 빼앗아 간다. 일상을 점령한 노동은 포악하고, 일상을 공유해야 할 가족은 시간의 축에서 자꾸만 밀려난다.

　그러므로 시간 앞에서, '소중하다'는 말은 형용사가 아니라 동사임에 틀림없다. 소중함을 빼앗아 가는 시간에 맞서는 움직임이 아니라면, 시간을 공유해야 할 소중한 존재를 끝내 지켜낼 수 없다는 것. 그러나 벤자민처럼 시간이 거꾸로 흘러가 본들 그 또한 해결책이 될 순 없다. 시간을 역으로 돌려도 인생의 비극과 희극의 총량은 달라지지 않는다. 그러니 우리가 주목해야 할 것은 시간의 '방향성'이 아니라 시간의 '대상'이 아닐까. 요컨대 시간이 어디로 흘러가든, 결국 누구와 어떻게 보내느냐에 따라 희극인지 비극인지 그 시간의 장르가 결정된다는 것.

　시간이란 생명의 다른 이름이다. 시간이 다 소진되면 생명도 그친다. 하루를 산다는 건 하루만큼 죽는다는 뜻이다. 우리의 일상은 실은 죽음의 한 절차인 셈이다. 하루를 사는 게 아니라 하루를 죽어간다고 생각하면, 시간을 기꺼이 공유하는 대상이란 그 자체로 궁극인 소중한 존재여야만 한다. 소중한 존재에게 내 생명과도 같은 시간

을 충분히 내어줄 수 있다면, 어디로 흘러가건 그 시간은 아름답고 고귀한 것이 아닐까.

사십 대의 중턱을 넘어서면서 나는 중요한 일이 아니라 소중한 가족에 내 시간을 내어줄 결심을 밤낮으로 하고 있다. 회사 업무의 압력에 짓눌려 쉽지 않지만, 아주 작은 틈새 시간이라도 소중한 가족과 공유하면서 시나브로 시간의 가치를 다시 가늠해 보려 한다. 아, 나는 차마 시간을 재발명하려는 참인가. 그러니 글머리에 올린 나의 옛 문장도 이렇게 고쳐 쓰는 게 좋겠다. "어제든 오늘이든 내일이든, 소중한 존재에 내어주는 시간만이 유일하게 소중하다."

애통하다: 슬픔의 비명 소리

슬픔이 지르는 비명 소리를 듣는다. 나이가 들수록 부쩍 그런 일이 잦다. 슬픔을 마주칠 때 어른이 된 우리는 대개 삼키는 쪽을 택하지만, 끝내 삼킬 수 없을 때 슬픔은 발버둥 치며 소리를 지른다. 삶의 맨얼굴을 알아버린 어른이라면 누구나 들리는 그 소리. 오직 나만 알아차릴 수 있는, 고유하게 슬픈 비명.

확실히 그럴 때가 있다. 슬프다는 말로는 다 풀어낼 수 없는 마음의 절벽. 너덜너덜해진 슬픔이 더 이상 추락할 곳조차 없을 때, 애통함은 작동한다. 슬픔은 스며들지만,

애통함은 솟구친다. 슬픔의 말들에도 먹이사슬이 있다면 애통함은 최상위 포식자. 서럽고 서글프고 애절하고 원통하고 참담한 마음을 모두 삼킬 만한 잔혹함이 애통함에는 있다. 슬퍼하기조차 버거울 만큼 삶의 나락에서 위태로울 때, 당신의 슬픔은 마침내 애통한 비명을 지른다.

애통함은 그렇게 포악한 얼굴을 지녔지만, 애통함이 아니라면 도무지 설명할 수 없는 마음이 있다는 것. 이를테면 시시하게 늙다가 끝내 시들어 버린 아버지를 바라볼 때처럼. 몇 해 전부터 아버지는 당신의 삶을 오려내는 중이다. 이미 10년도 전에 앓았던 암이 다른 곳으로 옮겨붙었고, 그것이 또 다른 질병으로 번지면서 삶은 싹둑 잘려 나갔다. 종이접기 하듯 조금씩 오려내던 삶은 이제 더 이상 잘라낼 곳이 보이지 않을 만큼 쪼그라들었다. 삶의 끝을 응시하는 아버지를 떠올릴 때마다 나의 슬픔은 비통해서 아프다.

아버지는 일본 제국주의가 조금씩 쇠퇴하던 1944년에 태어났다. 경상북도 청도군 화양읍에서 태어나 이듬해 해

방을 맞았고, 일곱 살 되던 해에 전쟁이 터졌다. 폭압과 전쟁의 시간들이 유년기에 새겨진 탓이었는지 아버지는 자라서 군인이 되었고, 이웃 마을에 살던 마음이 넉넉한 여자와 결혼했다.

아버지가 대위 계급을 달고 찍은 흑백 사진에는 지독한 빈곤을 털어낸 한 청년의 자부심이 설핏 엿보인다. 갓 서른쯤 됐을 엄마의 엷은 미소에도 중대장 아내로서의 은근한 긍지가 서려 있다. 이 젊은 부부는 앞으로 그들의 인생에 어떤 일들이 일어날지 모른 채 어렴풋한 낙관으로 설레는 듯도 싶다.

시간을 거슬러 그 시절 사진관으로 찾아갈 수만 있다면, 두 청춘 남녀에게 꼭 말해 주리라. 당신들의 인생은 결코 마음먹은 대로 되지 않을 것이라고. 중년의 문턱에서 사업이 휘청이고 그 후로 대체로 영세한 삶을 살게 될 것이라고. 노년의 어느 시기부터는 안 좋은 일이, 더 안 좋은 일이, 훨씬 안 좋은 일이 잇따라 삶을 덮쳐올 것이라고. 두 아들을 낳고 최선을 다해 인생을 살아냈지만, 끝내 애통함에 이르고야 말 것이라고.

이제는 거동조차 힘들게 된 아버지는, 뭐랄까 애통함 너머의 무언가를 자꾸만 건드린다. 대구 집에 내려갈 때마다 내 마음은 슬픔의 비명 소리로 오싹하다. 손에 닿지 않는 곳에 있던 어떤 이별의 시간이 코끝까지 닥쳐와 아른거린다. 무엇보다 최근 몇 달 새 가장 공포스러운 것은 아버지가 조금씩 두 발을 잃어가고 있다는 사실이다. 연초에 거푸 쓰러진 뒤로 걸음이 급격히 둔해지더니 휠체어에서 일어서는 일조차 쉽지 않다.

아버지가 조금은 걸을 수 있었던 지난 설날 무렵. 나는 아버지와 대구 팔공산에 있는 온천에 갔다. 더듬더듬 욕실을 걸어 들어가 뜨거운 탕 속에 슬그머니 몸을 파묻던 아버지. 이렇게 다리를 담그면 거짓말처럼 힘이 생긴다고. 아마도 곧 다시 예전처럼 씩씩하게 걸을 수 있을 거라고, 아버지는 조그맣게 웃으며 말했다. 하지만 나는 그날 아버지의 등을 밀어주면서 자꾸만 솟구치는 마음의 소리를 외면하기 힘들었다. 당신과 나, 서로의 알몸을 씻겨주는 이 순간. 어쩌면 마지막 오늘.

그날 이후로 아버지를 떠올릴 때마다 김애란의 단편 속 '아비'가 포개졌다. 한 번도 만난 적도 없지만, 기억 속에서 내내 달리고 있는 아버지. 분홍색 야광 반바지를 입고 "후꾸오까를 지나고, 보루네오 섬을 거쳐, 그리니치 천문대를 향해 달려가고 있는" 아버지. 단편 「달려라, 아비」는 아버지의 부재를 유쾌한 상상력으로 뚫고 가는 힘이 있는 소설이지만, 내겐 다만 애통한 작품으로 남았다.

작품 속 '나'는 달리는 가짜 아버지를 상상하는 것으로 존재의 결핍을 씩씩하게 메우지만, 다리가 점점 지워지는 진짜 아버지를 둔 현실 속 나는, 아버지가 달리는 모습은 상상조차 할 수 없는 일이어서 슬프고 고통스럽다. 작품 속 '나'는 상상 속에서 달리는 아버지에게 선글라스를 씌워준다. "아버지가 비록 세상에서 가장 시시하고 초라한 사람이라고 할지라도-그런 사람도 다른 사람들이 아픈 것은 같이 아프고, 다른 사람들이 좋아한 것을 같이 좋아할 수 있다는 생각을 하지 못했다"고 씩씩하게 자책하면서.

　하지만 그런 자책이라면 내 쪽이 더 다급하다. 내 아버지도 다른 사람들이 아픈 것은 같이 아프고 다른 사람들이 좋아한 것은 같이 좋아했겠지. 나는 대체로 시시했던 아버지의 삶을 돌아보며 아버지가 가장 좋아했던 어느 날을 떠올린다. 아버지는 땀을 흘리며 자전거 페달을 밟고 있다. 6학년이 된 아들이 반장이 됐다고 큰마음 먹고 자전거를 사줬다. 아들은 기어까지 달린 고급 자전거를 원했지만, 가진 돈이 부족해 살 수 없었다. 대신 아버지는 아들을 자전거 뒤에 태우고 버스로 열 정거장이 넘는 거리를 달렸다. 다음엔 꼭 좋은 자전거 사줄게. 바람을 타고 아버지 목소리가 건너왔고, 나는 너무 가파른 속도에 긴장하며 아버지 등을 꼭 붙들고 있었다.

　힘겹게 노년에 도달해 두 다리마저 조금씩 지워지고 있는 아버지가 나는 애통하다. 삶의 끝자락으로 조금씩 다가가는 아버지가 슬프고 아파서 나는 그 아버지를 내 상상의 공간으로 차츰 옮겨보는 중이다. 아버지는 내 앞

자리에서 자전거 페달을 밟고 있다. 나는 아버지 등에 매달려 힘줄이 불끈 솟은 아버지의 종아리를 바라본다. 아버지의 자전거는 후쿠오카를 지나고, 보루네오 섬을 거쳐, 그리니치 천문대를 향해 달리고 또 달린다.

언젠가 영별의 순간이 온다고 하더라도 아버지는 여기 없다는 것일 뿐. 그렇게 건강한 다리로 내내 달리고 있다고 생각해 버리는 일. 아, 이것은 슬프고 고통스런 상상이다. 어디에선가 슬픔의 비명 소리 요란하고, 나는 닿을 수 없는 애통한 주문을 자꾸만 외워본다. 달려라, 아비.

애틋하다: 세상의 모든 B급에게

모든 사랑의 기슭에는 애틋함이 서식한다. 사랑의 버튼을 누를 때 우리는 어떤 운명적인 멜랑콜리를 경험한다. 상처가 상처를 알아보는 필연적인 연민의 마음. 안타깝고 가여운, 그러므로 가열차게 보듬고 싶은 마음. 모든 애틋함이 사랑으로 이어지는 것은 아니지만, 애틋함이 없는 사랑이란, 단언컨대, 성립될 수 없다.

2014년 여름. 아이를 처음 품에 안았던 순간, 나는 도무지 설명할 길이 없는 마음에 도달했다. 아이는 세상을 향해 크게 울음을 터뜨렸고, 나 역시 눈물이 범벅이 된 채로 해명할 수 없는 마음에 대해 오래 생각했다. 눈물이 맺혔다는 건 슬픔의 한 증거일 텐데 슬프다고만 할 수 없는 마음이었다. 그렇다고 기쁨의 눈물이라고 하기에는 어딘가 모자라는 것 같았다. 슬픔과 기쁨이 함께 뒹굴면서 세상에 존재하지 않던 마음 한 조각을 빚어내고 있었다.

아이가 아홉 살이 된 지금도 나는 그때의 마음을 온전하게 설명할 수 없다. 눈물겹도록 사랑스러워서 이상한 슬픔에 도달해 버린 마음. 세상에는 너무 기뻐서 너무 슬픈 마음도 있다는 것. 애틋함이란 그 역설적인 마음을 해명하기 위해 내 영세한 언어가 겨우 꺼내보는 말이다. 그때 나는 내 아이가 자라서 겨우 내가 될까 봐 초조했고, 내 오랜 상처를 바라볼 때처럼 정답게 서글펐던 것 같다.

아이를 향한 애틋함은 세월이 흐를수록 더 짙어진다. 세월이 흘러간다는 것은 아이도 나도 그만큼의 생명을 소진하고 있다는 것. 무언가를 잃어갈수록 우리는 그 무언가를 더 애틋하게 여기는 법이니까. 물론 시간이 더 다급한 건 내 쪽이다. 아이의 생명력이 솟구치는 동안 나의 생명력은 조금씩 희미해져 가는 중이다. 삶의 종착역은 아무래도 아이보단 내게 가까운 것이다.

나는 차츰 증발하는 시간들이 초조해서 어떻게든 아이와 많은 시간을 공유하고자 애를 쓰는 편이다. 주말이면 서재에서 아이는 알아듣기 힘든 책 이야기를 애써 들려주는 것도 그 때문이다. 서재에 빼곡한 오랜 책들은 실은 지나온 시간을 담고 있는 상자이기도 하니까. 해묵은 책장을 뒤적이면서 아이와 나는 지난 시간 속으로 성큼성큼 걸어 들어간다.

여름이 익어가던 어느 주말 오후. 여느 때처럼 서재에서 소곤대던 아이가 제목이 이상하다면서 책 한 권을 내밀었다. 『B급 좌파』. 20년도 더 지난 오래된 칼럼집이었다. 갓 복학생이었던 내 정신을 지나치게 지배했던 김규항의 글들. 책 안쪽을 펼쳐보니 내 손글씨로 이렇게 적혀 있었다. '2001. 7. 9. 서강인에서 구입하다.' 서강인이라면 이제는 사라진 학교 앞 사회과학 서점이었다. 강의가 비는 시간이면 괜히 서성대면서 사지도 않을 책들을 뒤적이던 곳.

사회과학 서점이니 칼럼이니 하는 것들은 아무리 말해도 아이는 알아듣지 못할 것이었다. 나는 아이가 물어본 대로 저 이상한 제목에 대해서 어떻게든 설명해 보려 했다. 그런데 좌파라는 이념의 용어는 차치하더라도, B급이란 단순한 말조차 도무지 풀어낼 재간이 없었다.

이 책의 제목은 "그래, B급이라도 좌파로 살 수 있다면"이란 대목에서 끌어온 것이었다. 저 문장은 스스로를 낮추기 위한 겸양의 표현이었겠지만, 실은 어떤 사람을 B급으로 지칭하는 것은 사회적으로 간단한 문제가 아니다. 사람에게도 일정한 등급이 매겨진다는 것은, 아이는 아직 도달하지 못한 서늘한 진실이었다.

어느새 좌파란 말은 지워버린 채, 그러니까 책을 쓴 이의 의도와는 전혀 무관한 지점에서, 나는 B급이란 말을 설명할 수 없어 쩔쩔매고 있었다. 그래서 B급이란 2등하고 비슷한 말이라고 대강 얼버무리고 말았다. 아이는 2등이면 B급은 좋은 말 아니냐고 되물었는데, 나는 긍정도 부정도 하지 못한 채 진땀을 흘렸다.

말하자면 그때 나는 B급이란 말에 내 삶을 투영하고 있었다. 내 정체성을 지칭하는 어떤 명사를 잇대어도 B급은 어울리는 수식어였다. 그러니까 이런 식이다. B급 아들, B급 남편, B급 아빠, B급 기자… 어쩌면 저 책을 내민 아이 앞에서, 대체로 B급이었던 내 지난 삶을 들킬까 봐 허둥댔는지도 모른다.

B급이란 가장 보통인 삶에 매달리는 꼬리표다. 돌이켜 보면 정말 그랬던 것 같다. 학창 시절의 나는 대체로 모범생 범주에 들었지만 학교를 들썩이게 하는 수재는 아니었다. 기자가 된 뒤에도 일처리가 군더더기 없단 평을 듣는 편이었지만, 대한민국을 들었다 놓을 정도의 대형 특종을 한 적은 없다.

내 아이는 자라서 B급을 뛰어넘는 삶을 살아갈 수 있을까. 아비의 잔뜩 부푼 희망을 덜어내고 말하자면, 세상이 정해놓은 이른바 A급 인생이란 쉽게 도달할 수 없는 지점임에 틀림없다. 어쩌면 아이가 자라서 겨우 내가 될지 모른다는 초조함 탓에, 나는 B급이란 말에 담긴 속뜻을 제대로 풀어낼 수 없었는지도 모르겠다.

　하지만 세상을 밀고 가는 절대다수는 보통의 삶을 살아가는 보통의 존재들이다. 아주 넘치지도 그렇다고 아주 부족하지도 않은 생애. 말하자면 B급 인생들. 나와 나란히 걷고 있는 저 보통의 삶들을 떠올릴 때마다 나는 내 아이를 바라볼 때처럼 애틋하다. 애틋함이란 보통 사람들의, 그러니까 B급 인생들의 정겨운 밑감정이다. 그래, B급이라도 애틋하게 사랑할 줄 아는 생애라면.

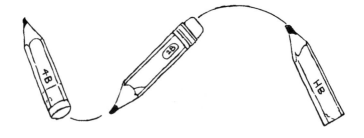

두근거리다: 모든 심장의 첫 멜로디

두근거림은 세계의 첫 알람 소리다. 무존재가 존재로 변환되는 순간, 우리는 그 태초의 멜로디를 듣는다. 두근거리는 심장의 속삭임. 양수 속을 첨벙대는 태아가 얼굴도 본 적 없는 엄마와 주고받는 신호음. 신이 인간에게 첫 호흡을 불어넣던 순간, 태초의 에덴에도 이 심장의 멜로디가 두근두근 울렸으리라.

두근거린다는 것은 비트의 한 양식이기도 하거니와, 마음의 영역에선 높낮이가 또렷한 멜로디다. 이 마음의 음표는 수줍은 설렘부터 극도의 두려움까지 마음 상태를 변주한다. 설렘을 품은 두근거림은 기분 좋은 솔 정도의 소리지만, 두려움에 도달한 두근거림은 날카로운 시 정도까지 옥타브가 치솟는다.

두근거림이 심장의 멜로디라면, 그것을 사랑의 멜로디로 바꿔 부를 수도 있지 않을까. 모든 사랑은 누근거리는 심장의 신호음에서 시작되는 법이니까. 아닌 게 아니라, 지금의 아내를 처음 만난 1997년 가을은 어떤 멜로디로 가득 찬 계절이었다. 우리는 당대의 인기 그룹에서 이름을 딴 '투투'라는 카페에서 처음 만났다. 그날 카페에선 90년대 말의 전형적인 발라드가 흐르고 있었는데, 나는 유재하 음악이 담긴 카세트테이프를 선물하는 것으로 첫 마음을 고백했다.

하필 아내는 피아노 전공자였고, 나는 어설프지만 피아노 연주를 흉내 낼 수는 있는 정도여서 주로 음악 이야기를 많이 나누면서 마음이 무르익었던 기억이 난다. 90년대 거리엔 복제 카세트테이프를 파는 노점상이 즐비했는데, 그 덕분에 거리는 늘 음악으로 가득 찼다. 에코의 〈행복한 나를〉이 흐르는 거리를 걸으며 내 심장에선 두근

두근 행복한 선율이 빚어지곤 했다.

문제는 그 몇 달 뒤에 있을 군 입대였다. 이제 막 시동이 걸린 사랑에 급제동이 걸린 셈이었다. 나는 여자 친구의 마음을 묶어둘 방안을 고안했다. 무슨 용기였는지 피아노 전공자인 그녀에게 피아노 연주를 들려주겠다고 했고, 자화상의 〈나의 고백〉을 더듬거리며 연주했다. 풋풋하지만 간절했던 마음이 닿았던 걸까. 전공자가 보기엔 형편없었을 그날의 연주는 우리 마음을 묶어두는 마법 같은 멜로디로 남았다.

물론 여느 커플처럼 연애할 때나 결혼 이후에도 우리 심장의 멜로디는 그야말로 여러 장르를 오가며 변주됐다. 잔잔한 미에서 시작한 두근거림의 멜로디는 천장을 뚫을 것처럼 높은 옥타브로 치솟아 서로의 마음을 찌르기도 했다. 그러나 나는 안다. 제멋대로 변주된 경험이 있는 마음이라야 미에서 솔 정도의 잔잔한 멜로디로 회귀할 수 있다고. 그때부터는 자신 있게 그 마음에 도돌이표를 달아둘 수 있을지도 모른다고.

미에서 솔 정도의 마음. 그것은 적당히 설레고 적당히 가슴 벅찬 두근거림이다. 그러나 이런 느긋한 두든거림은 살면서 마냥 유지하기 힘든 멜로디다. 내게도 심장의 멜로디가 설렘과 벅참을 이탈해 짙은 두려움에 당도했던 시기가 있었다. 그러니까 어쩌면 아이를 가질 수 없다는 절망에 빠져 있던 2013년 늦가을. 김연수의 단편『사월의 미, 칠월의 솔』은 그 절망의 시기에 내 손에 닿았다.

마음의 멜로디가 극한 변주를 겪은 걸로 치자면 최상급에 속할 주인공의 이모는 옛사랑을 떠올리며 이렇게 회상한다. 제주도에서 3개월 남짓 함께 살면서 들었던 빗소리가 사월엔 미 정도였는데 칠월엔 솔 정도까지 올라갔다고. 겨우 3개월에 불과했던 사랑의 시기를 음계가 올라가는 것에 빗대며 체념도 한탄도 없이 떠올리는 옛사랑의 기억. 나는 그 까슬까슬한 마음의 밑자락에서 여전히 두근거리는 심장의 멜로디를 들었다.

사랑이 유지되는 것은 두근거림의 음계가 미에서 솔 정도에 머무를 때일까. 아닐 것이다. 그 음계를 벗어나 마음이 찢기는 옥타브에까지 도달해 본 나는 심장의 멜로디가 계속 연주되는 한 그 높낮이는 필수 불가결한 것이라고 생각한다. 높은음자리에서 낮은음자리까지 두근거림이 변주되며 사랑은 하나의 완성된 음악으로 나아간다. 두근거림은 모든 심장의 첫 멜로디이자 마지막 음표다.

뜨끈하다: 옆은 모르는 곁의 온도

언어는 삶을 비추는 거울이라고 믿었고, 그것은 의심할 여지 없는 진실이다. 그러나 삶이 뒤틀리기 시작하면 그 거울마저 깨져버리는 때가 있다. 익숙했던 언어가 문득 제 본래 뜻을 이탈하는 그런 때. 그래서 인간의 삶이 제 균형을 잃어버리는 난세에는, 언어의 변화에 더욱 민감해야 하는 법이다. 언어가 왜곡되기 시작했다면, 우리 삶이 어떤 치명적인 부상을 입었다는 증거일 테니까.

삶이 뒤틀리기로 치자면 지난 몇 년만 한 때가 또 있었을까. 사람들이 흔히 '코로나 시대'라고 부르는 상실의 계절. 이 지독한 전염병은 인간의 목숨만이 아니라, 인간의 언어마저 빼앗아 갔다. 이를테면 '안아주다' '악수하다' '대면하다'와 같은 말들. 익숙해서 당연했던 저 말들을 우리는 잃어버렸고, 언제 되찾을 수 있을지도 막막한 채 기약 없는 세월을 견뎌야 했다.

코로나에 빼앗긴 말들을 떠올리는 건 그 자체로 난감한 일이다. 그러나 내가 생각하는 가장 끔찍한 상실의 말은 따로 있다. 코로나 시대에 매우 빈번하게 쓰였던 말 가운데 으뜸은 이것. 사회적 거리두기(Social Distancing). 코로나 이전에는 존재했는지조차 의심스러운 저 말은 실은 인간에게 가장 소중한 말 하나를 빼앗은 대가로 생겨난 것이다. 짧지만 다정한 우리말, 곁.

'곁'은 '옆'과 닮은 듯 다르다. '곁'은 '옆'보다 물리적으로 더 가까울 뿐 아니라, 함께 있고 싶은 마음까지 투영된 말이다. '당신 옆에 있겠다'는 말과 '당신 곁에 있겠다'는 말의 온기는 전혀 다른 것. 당신 옆이 따뜻하다면 당신 곁은 뜨끈하다. 따뜻함이 겹겹이 쌓일 때 비로소 뜨끈함에 이른다. 이 온도 차이는 심오하다. 따뜻한 마음은 베푸는 자의 온도이지만, 뜨끈한 마음은 희생하는 자의 온도다. 마음이 따뜻한 자는 제 선의가 한계에 다다르면 그 옆을 슬그머니 피할 수 있지만, 마음이 뜨끈한 자는 스스로를 전부 소멸하더라도 그 곁을 지킨다.

그러나 '사회적 거리두기'는 우리에게서 끝내 '곁'을 빼앗았다. '사회적 거리두기'를 실천해야 하는 우리에게 누군가의 곁을 지키는 것은 일종의 금기였다. 그렇게 사라지는 수많은 '곁'은 서로가 서로에게 기대고 있던 마음마저 허물었다. '곁'은 이토록 소중한 말이거니와, 이 말 자체에 주목했던 적은 별로 없었다. 하지만 코로나 시기를 어린 아들과 함께 통과하는 일은 곁의 온기를 새삼 떠올리게 했다. 코로나는 나의 의지와는 별개로 가장 가까운 피붙이조차 곁에서 옆으로, 옆에서 더 먼 곳으로 밀어냈으니까.

생각지도 못한 사이에 코로나 확진자와 처음 접촉한 어느 날, 나는 아이와 아내 곁을 떠나 구석방으로 떠밀렸다. 이 강제적인 격리 조치는 역설적으로 가족애를 더 뜨겁게 했는데, 꼬박 홀로 격리됐던 며칠 동안 김경주의 산문집 『자고 있어, 곁이니까』는 무슨 경전처럼 내 머리맡을, 그러니까 내 곁을 지켰다. 이 책은 실은 수년 전 아이가 태어난 그다음 해에 처음 내 서재에 입주했다. 임산부의 배를 형상화한 핑크빛 표지가 먼저 눈에 들어왔고, 내가 아끼는 시인이 나와 같은 절차로 아이를 품은 이야기란 걸 확인한 뒤 더 볼 것도 없다는 마음으로 서점에서 집어 들었다.

시인은 출산기를 시적인 문장으로 섬세하게 실어 날랐는데, 아이를 '너라는 질서'라고 명명한 대목이 특히 내 마음을 건드렸다. 이것은 두렵고도 아름다운 사실이었다. 사람이 사람을 만드는 일은 새로운 질서를 고안하는 일이라는 것. 과연 아이는 우리 부부 사이에 존재하지 않았던 다른 질서를 확립했고, 일평생 그 질서에서 어긋나선 안 된다는 운명까지 새로 안고 왔다. 그 질서를 시인은 다른 말로 '곁'이라고 불렀던 것인데, 가족은 곁을 서로에게 내줄 때라야 비로소 가족이 될 수 있다는 사실이, 저 짧지만 다정한 우리말에 압축돼 있었다.

그러니 가족 곁에서 강제로 격리된 뒤에 저 책부터 찾은 것은 자연스러운 절차였다. 나는 시인의 출산기를 다시 뒤적이며, 아이가 우리 부부에게 온 뒤부터 곁의 온기로 똘똘 뭉치게 된 가족사를 되짚어봤다. 돌이켜보면, 황홀하게도 경이로운 순간도 적지 않았지만 서로 오해하며 생채기를 냈던 적도 많았다. 그러나 그 모든 희비극이 가족이란 틀에서 봉합될 수 있었던 것은 가족이 곁을 사수하는 공동체이기 때문이었다. 뜨끈한 곁의 온기로 여러 차가운 불행들을 극복하고 마침내 사랑을 재확인하는 것. 곁을 상실하지 않는 한 가족은 가족으로서 공고하다는 것.

하지만 코로나 사태는 곁을 내줘야만 한다고 강제하고 있었다. 가족만이 아니라 사회적인 틀에서도 곁은 수시로 강제 징집돼야만 했다. 사회적 거리두기란 이름으로 곁을 빼앗기기 시작하자 우리는 '나중'이란 말을 서둘러 가져왔다. 지금 나는 당신 곁에 머물 수 없지만, 나중에 꼭 그 곁에 있겠노라 운운. 코로나를 피해 달아난 온라인 공간에서, 우리는 그렇게 '나중'을 남발했다. 그러나 사전이 일

러주는 '나중'의 숨은 뜻은 이런 것. '순서상이나 시간상의 맨 끝.' 아, 이것은 아찔한 대목이다. 그러니까 나중을 기약하는 우리는 이웃에게, 친구에게, 가족에게 이렇게 말하고 있었던 것이다. 미안하지만 당신, 당신은 내 우선순위의 맨 뒷자리.

그러나 정작 그 나중이 되면 당신은 그 자리에 그대로 있기나 할까. 본래 곁에 있었던 사람들을 맨 나중으로 미뤄두는 것. 그것은 코로나가 빚어낸 우리의 쓸쓸한 말들의 풍경이었다. 그래서 뜻밖에 가족 곁을 떠나 격리 중이던 나는, 그 무슨 비책도 없으면서 '곁'이란 말 만큼은 지켜내야 한다는 막연한 생각을 해보았다. 사랑하는 사람들을 나중으로, 맨 끝으로 미뤄두는 것이 아니라, 그들을 나의 '곁'으로 끌어당기는 것.

코로나가 삶도 언어도 파괴했지만, 당신을 사랑하는 나는 당신 곁을 결코 떠난 적이 없다는 굳건한 믿음. 그러니까 '사회적 거리두기'가 '마음의 거리두기'는 아니라는 것. 그런 생각을 떠올리며 나는 제 아무리 엄격한 '사회적 거리두기'도 너와 나의 '곁'은 끝내 침투하지 못할 거라는 어떤 확신으로 건너갔다. '곁'은 본래 몸의 언어가 아니라, 마음의 언어이니까. 뜨끈한 마음이 머물고 있다면, 당신 곁에는 여전히 내가 있는 거니까. 당신의 곁은 나의 곁이 니까.

부풀다: 연애와 결혼의 밑감정

　마음이 부풀고 있다는 것은 당신이 지금 막 사랑의 기슭에 발을 내딛었단 뜻이다. 누군가와 돌연 사랑에 빠진 자라면 두근거리고 벅차고 설레는 마음이 마구 부푸는 것을 막아설 도리가 없다. 그러나 이 부푸는 마음은 마치 풍선과도 같아서 마구 부풀다 보면 어느 순간 터져버리는 때가 온다.

　사랑은 한껏 부풀었다가 쪼그라드는 운명을 지녔다. 그것은 일종의 병리 현상이어서 뻔하고 위태로운 운명을 알면서도 뛰어들게 만든다. 이 뻔하게 위험한 사랑의 운명을 연애와 결혼이란 두 단계로 나눠볼 수도 있을 것이다. 두 단계 모두 사랑이 관여한다는 점에서 비슷하지만, 그 병리학적 특성은 매우 상이하다.

연애를 거쳐 결혼에 도달한 나는 그 차이를 어렴풋하게 안다. 굳이 '어렴풋하게'라고 유보적인 부사를 달아둔 것은 그것이 사랑의 문제이기 때문이다. 유구한 세월 동안 무수한 지성들이 숱한 모양새로 사랑을 정의했지만, 합의된 진실에 도달한 적은 아직 없다. 사랑이란 말은 장악되지 않는다. 그래서 나는 사랑을 다루는 소설이나 에세이에 심드렁한 편이다. 뻔한 사랑 타령으로 끝나거나 도무지 공감할 수 없는 넋두리일 때가 많기 때문이다. 나는 연애 9년 차에 결혼했을 정도로 '장기 연애파'였지만, 아직도 저 사랑의 사태를 제대로 해명할 수 없다. 다만 연애와 결혼의 차이에 대해서만 어렴풋이 말할 수 있을 따름이다.

그 차이는 함께 하는 시간의 총량에서 비롯된다. 나는 9년간 한 사람을 만나왔지만, 그 사람과 몇 날 며칠을 꼬박 보내본 적은 없다. 그런데 결혼이란 절차를 통과하고 나자 그 사람과(그러니까 현재의 아내와) 하루 종일 함께 보내는 시간들이 생겨나기 시작했다. 연애할 때 서로의 사적 영역을 침범하지 않는 선에서 마음을 나눴다면, 결혼한 뒤에는 사적 영역이 뒤섞인 채로 어딘가 낯선 마음 상태에 돌입한 것이었다. 연애 때는 한껏 차려입고 만났지만, 결혼한 뒤에는 아무렇게나 헝클어진 모양새로 서로 마주 앉는 게 일상이었다. 연애할 때는 몰랐던 습관이나 말투가 서로에게 노출되기도 했다. 결혼 초기에는 그래서 모든 게 혼란스럽기도 했다.

연애에서 결혼으로 갓 넘어간 시기. 그 혼돈의 때에 만났던 두 권의 책이 있다. 『사랑의 기초』라는 하나의 제목 아래 「연인들」과 「한 남자」라는 두 갈래의 소제목으로 나눠서 집필된 소설. 한국 작가 정이현이 서울의 연애 이야기(「연인들」)를, 스위스 출신 영국 작가 알랭드 보통이 런던의 결혼 이야기(「한 남자」)를 담았다. 각각 연애학개론, 결혼학개론이라 해도 무방할 정도로 꼼꼼한 서사였다.

먼저 연애. 연애는 포물선이다. 남자의 포물선이 여자

의 포물선과 만나는 접점에서 연애가 꽃핀다. 포물선이란 시작→정점→추락으로 이어지는 물리적 현상이다. 연애가 포물선이라면, 처음과 절정과 끝이 분명하다는 점에서 그러하다. 정이현의 『사랑의 기초-연인들』은 그 포물선의 궤적을 더듬는 이야기다. 한 남자와 한 여자가 사랑에 빠지고, 그 사랑에서 추락하는 서사가 담담하게 펼쳐진다. 소설이 택한 남녀는 지극히 평범했다. 남자의 이력은 이렇다. 이름 이준호. 30세. 서울의 중위권 대학 경영학과 졸업. 웹에이전시 근무. 여자의 스펙도 고만고만하다. 이름 박민아. 28세. 의류회사 근무. 공무원 부모님으로부터 결혼 압박을 받고 있음.

말하자면 작가는 지극히 평범한 두 남녀를 주인공으로 설정한 다음 이들이 어떤 방식으로 연애를 끌고 가는지 관찰했다. 그러니까 준호와 민아의 사랑은 우리 시대의 가장 보통의 연애다. 가장 보통의 연애란 어떤 종류의 것인가. 이를테면 거기엔 이런 시작이 있다. 맨 처음 사랑을 탐색할 때 서로의 닮은 점이 눈에 들어온다. 예컨대 이런 식이다. "저는 모던록이 좋아요. 델리스파이스나 언니네

이발관 같은."(민아) "어, 언니네이발관 저도 좋아해요. 특히 2집"(준호) 가장 보통의 연애는 대개 이렇게 시작된다. 서로가 얼마나 닮았는지 케케묵은 것까지 맞춰가며 신기해한다.

그렇게 연애가 시작되면 감정이 달아오르고, 민아와 준호처럼 서울 시내 모텔 곳곳을 전전하며 서로의 육체를 탐하기도 한다. 하지만 어느 날 달뜬 사랑은 포물선을 그리다 착륙하고 만다. 경제 문제를 어떻게 해결하느냐는 절박한 고민 앞에서 민아와 준호는 불쑥 이별을 맞이한다. 젊은 남녀는 어느 순간 서로의 불안한 사회경제적 지위 앞에서 더 이상 사랑하기를 망설이고, 그렇게 자주 연애는 막을 내린다.

정이현 작가는 이런 뻔한 연애의 포물선을 그린 다음, 이것이 완결된 연애라고 우기는 것 같았다. 그러니까 문장부호로 따지자면 하고픈 말을 삼켜버린 말줄임표가 연애라는 이야기겠다. 어쩌면 연애란 물리학의 문제라는 것. 포물선을 그리듯 떠올랐다가 가라앉고 마는 것이 연애의 운명이자 완결이라는 것. 하지만 9년간의 연애 끝에 결혼에 도달한 나는 말줄임표 같은 연애를 선뜻 이해하기 힘들다. 어떤 연애는 이별로 종결되는 게 아니라, 결혼이란 접속사로 계속 이어지기도 하니까.

그런데 그런 이유로 펼쳐본 알랭드 보통의 『사랑의 기초-한 남자』는 좀 당혹스러웠다. 결혼을 궁극의 낭만이라고 여기는 청춘이라면 펼치지 않는 게 좋겠다 싶을 정도였다. 이 소설은 내 경우처럼 연애가 결혼으로 이행된 뒤의 이야기였는데, 결혼 생활의 '쌩얼'이 그대로 담겼다.

작가는 소설의 주인공으로 런던의 평범한 부부를 택했다. 주인공 벤과 엘로이즈도 한때는 뜨거운 연인이었다. 그런데 아이를 낳고 가족을 꾸려가는 결혼이란 일상이 그들의 낭만적 사랑을 앗아갔다. 결혼은 연애의 반대일까. 그럴 수도 있겠다.

남편 벤은 아내 엘로이즈에게 점점 흥미를 잃어가는데, 그런 자신에게 당혹감을 느낀다. 이를테면 연애 시절의 벤은 조신한 성품의 엘로이즈에 매력을 느꼈지만, 결혼한 벤은 매사에 침착한 엘로이즈를 견딜 수 없다. 연애 때 엘로

이즈의 가슴을 상상하는 것만으로도 흥분됐던 벤은 이제 엘로이즈가 가슴을 드러낸 채 누워있는 걸 보고도 심드렁하다. 뿐만 아니다. 둘은 몹시 사소한 문제로 자주 심각하게 다툰다. 어찌 된 영문일까. 결혼이 대체 뭐기에.

올해로 결혼 18년 차. 일상에 지칠 때마다 가끔 알랭드 보통의 '한 남자'를 펼쳐본다. 그럴 때마다 나는 흠칫 놀라곤 한다. 주인공 벤의 모습에서 내 모습이 자주 내비치기 때문이다. 결혼은 그런 것이다. 데이트는 없고 헌신의 강도는 더 거세진다. 예컨대 작가가 적어놓은 이런 대목은 아예 출력해서 책상 앞에 붙여놓고 싶어진다. '생의 마지막 순간까지 사랑하는 이와 함께 살고 그 사람을 소유할 수 있으리라는 기대가 실은 얼마나 엄청난 것인지를 깨닫는 순간, 그 사랑은 최대의 시련과 맞닥뜨린다.' 하지만 이 소설의 압권은 마지막 장면이다. 벤은 생일 기념으로 가족들과 헬기를 탄다. 위태롭고 짜릿한 비행에서 벤은 아내와 아이들을 찬찬히 바라보는데, 그 순간 평범한 삶을 지켜내는 극적인 운명으로서의 결혼을 깨닫는다.

나로 말할 것 같으면, 가족들과 비행기에 오를 때마다 벤과 유사한 감정이 몰려든다. 위태로운 상공에서 비행 중에 기체가 심하게 흔들리기라도 하면 내게선 어떤 형용하기 힘든 보호 본능이 꿈틀댄다. 내 소중한 아내와 아들. 여느 가정과 다를 바 없는 가장 보통의 가족을 꾸렸지만, 이토록 평범한 일상을 지켜내는 운명이 곧 결혼이라는 것. 그럴 때면 이상하게도 마음이 한껏 부풀곤 한다. 글머리에 적은 것처럼, 부푸는 마음이란 사랑에 관여된 감정이다. 두근거리고 벅차고 설레는 감정이 차례차례 들어찰 때 마음은 부푼다.

포물선 같은 연애를 지나 평범하지만 극적인 결혼에 도달한 나는 사랑의 결정체인 가족들을 가만히 바라볼 때 자주 마음이 부푼다. 그것은 어떤 훈련된 기술의 결과물인 것 같다. 아닌 게 아니라 연애와 결혼이란 사랑의 절차를 차례로 겪어본 자라면 사랑에도 기술이 필요하다는 걸 안다.

사랑의 기술이란 어쩌면 결혼이란 일상을 그럭저럭 유지해 가는 동력인지도 모르겠다. 그러므로 정이현이나 알

랜드 보통 같은 유명 작가는 아니지만 내게도『사랑의 기초』란 제목의 소설을 쓸 수 있는 기회가 닿는다면, 나는 이런 문장으로 시작하겠다. 결혼이란 지긋지긋하게 아름다운 일상이다.

공감하다: 마음의 전류가 흐를 때

미국으로 연수를 떠났던 2020년 여름은 코로나가 정점을 향해 가던 시절이었다. 백신이 개발될 수 있을지 기약조차 없었던, 그래서 코로나를 둘러싼 온갖 흉흉한 소문이 떠돌던 시절. 가족까지 데리고 미국으로 떠나야 했던 나는 상시적인 불안감에 빠져 있었다. 마침내 출국하던 날 공포 영화의 한 장면처럼 텅 비어버린 공항을 마주했을 때, 아이 손을 꼭 붙들고 그대로 집으로 돌아가야 하나 심각하게 고민했던 기억이 난다. 그즈음 한국에선 하루 수십 명에 불과했던 확진자가 미국에선 수만 명씩 쏟아지고 있었고, 그 나라의 수장은 트럼프였다.

코로나 시대에 트럼프가 대통령이라는 사실은 여러모로 불안감을 더 부추겼다. 미국에 막 정착했을 때, 트럼프는 코로나와 관련한 온갖 가짜뉴스의 발원지였다. 그는 코로나는 독감보다 덜 치명적이라고 했고, 심지어 살균제를 몸에 주입하면 코로나를 치료할 수 있다고도 주장했다. 미국 질병통제예방센터(CDC)는 대통령발 가짜뉴스를 해명하느라 진땀을 흘려야 했다. 이 정도 수준의 국가 리더라면 국민적 반감이 치솟아야 마땅했지만, 당혹스러운 건 열성적인 공화당 지지자들이었다. 미국은 주별로 공화당과 민주당 지지로 정치 성향이 확연히 엇갈리는데, 공화당 지지세가 강한 지역일수록 '코로나는 독감보다 덜 치명적'이란 트럼프의 말을 무슨 교시처럼 떠받들었다.

내가 거주했던 노스캐롤라이나주 캐리는 인구 10만 남짓의 소도시였다. 주변에 듀크 대학교를 비롯해 유수한 대학들이 많고, 바이오 연구가 활발한 곳으로 민주당 지지세가 강한 편이었다. 그 말인즉슨 마스크 착용이 당연시되는 분위기였단 뜻이다. 하지만 공화당이 장악하다시피 한 사우스캐롤라이나 쪽으로 건너가면, 전혀 다른 분위기가 펼쳐졌다. 미국의 일일 확진자가 30만 명을 돌파했을 즈음, 사우스캐롤라이나 인근을 지나는데 '노 마스크'의 백인 수십 명이 펍에 빼곡히 앉아 술잔을 기울이고 있었다. 나는 그 장면이 경악스럽고 나아가 공포스러웠는데, 그 지역에선 일상이었다. 코로나로 사람이 죽어가도 그들은 코로나 탓이 아니라고 우겼다. 그리고 그 고집스런 미신적 사고방식 뒤엔 트럼프가 있었다.

코로나 탓에 여러 제약이 있었지만, 미국 생활은 대체로 만족스러웠다. 그 가운데 유난히 좋아했던 일상 중 하나는 내가 적을 둔 듀크 대학교 주변에 있는 서점을 탐색하는 일이었다. 한국에선 잘 찾아볼 수 없었던 정치, 사회 관련 서적은 물론이고 미국에서 각광받는 새로운 문학가들을 알아가는 일이 즐거웠다. 그러던 어느 날, 서점 진열대에 익숙한 얼굴이 깔리기 시작했다. 트럼프 얼굴이 표지를 가득 메운 『분노(RAGE)』라는 책이었다. 밥 우드워드가 저자라고 적혀 있었고, 저자 이름만으로도 나는 초조해졌다. 밥 우드워드는 닉슨 대통령을 끌어내린 워터게이트를 보도한 전설의 기자. 언론사에서 20년 가까이 일해

온 내겐 그 어떤 위인과도 겨룰 만한 인물이었다.

미국 정계에서 그의 명성은 내 어림짐작을 훨씬 뛰어 넘는 수준이었는데, 아닌 게 아니라 『분노(RAGE)』라는 책은 우드워드가 트럼프와 17차례나 인터뷰한 결과물이었다. 뒷이야기를 들어보니 우드워드의 높은 위상에 기대고 싶었던 트럼프의 명예욕이 그런 예외적인 인터뷰를 가능하게 한 모양이었다. 특정 언론인에게 트럼프는 파격적일 정도로 모든 것을 오픈했고, 심지어 인터뷰 내용을 녹음까지 하도록 허락했다. 그러나 트럼프의 재선 도전을 앞둔 시점에 나온 이 책에서 우드워드는 다음과 같이 결론 내렸다. "대통령으로서의 직무 수행을 총체적으로 고려할 때 내가 내릴 수 있는 결론은 딱 하나다. 트럼프는 대통령직에 부적합한 사람이다."

우드워드의 진단은 틀리지 않았다. 미국에서 직접 겪어본 트럼프의 행정 능력은 입에 올리기에도 민망할 정도로 최악이었다. 특히 코로나 대응과 관련해서 그가 보여준 행정력이란 차라리 기행에 가까웠다. 우드워드가 책에 서술한 바에 따르면, 트럼프는 이미 여러 정보를 통해 코로나의 치명성을 알고 있었지만, 국민들 앞에선 '코로나는 독감보다 덜 치명적'이란 거짓말을 했다. 나는 우드워드의 『분노(RAGE)』를 읽으며, 트럼프의 기이한 통치 행위가 그의 빈약한 공감 능력 탓이란 결론을 내렸다.

공감한다는 것은 함께 마음을 교류하는 일이다. 마음의 전류가 내 쪽에서 당신 쪽으로, 당신 쪽에서 내 쪽으로 흘러갈 때 우리는 공감의 전원 버튼을 기꺼이 누를 수 있다. 그런데 트럼프는 일방적으로 그 전류를 흘릴 뿐, 상대에게서 건너오는 마음의 전류는 닥치는 대로 차단해 버리는 '악성' 정치가였다. 그러니까 그는 공무를 수행하는 대통령이 아니라, 차라리 사적 이익을 추구하는 악명 높은 '셀럽'에 불과했다. 당시 여섯 살 난 아들과 미국에서 코로나 시대를 통과하던 나는, 누군가의 아픔 때문에 단 한 번도 아파해 보지 않았을 그 나라의 최고 지도자가 한심했고, 나아가 공포스러웠다.

그렇게 위태로운 일상이 이어지던 계절에 우드워드의

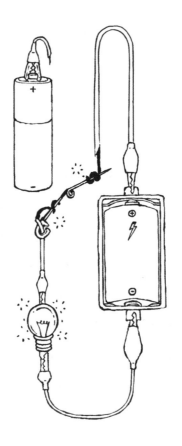

책 『분노(RAGE)』는 소파 바로 옆, 내 손이 가장 잘 닿는 곳에 있었다. 우드워드의 사실감 넘치는 문장력을 닮고 싶어 여러 번 그 책을 읽었기 때문이기도 했지만, 틈만 나면 그 책 표지를 가득 메운 트럼프 얼굴을 노려보기 위해서이기도 했다.

겨울이 깊어가던 어느 날, 나는 여느 때처럼 거실에 앉아 『분노(RAGE)』 표지를 응시하며 상념에 잠겨 있었다. TV에선 습관처럼 뉴스 전문 채널이 흘러나왔고, 나는 도대체가 공감 능력이라곤 없는 자가 최고 지도자에 오르면 나라가 어떻게 절단날 수 있는지를 가늠해 보며 그의 얼굴을 가만히 노려보고 있었다. 그런데 그때, 어디선가 울먹이는 소리가 들리는 것이었다.

TV 쪽에서 흘러나온 그 울음소리는 어딘가 이상한 구석이 있었다. 왈칵 쏟아지는 소리가 아니라, 억지로 새어 나오는 소리에 가까웠다. 안간힘을 써봤지만 더 이상 누를 수 없어서 마냥 새어버린 울음이었다. 뉴스 전문 채널 CNN에서 실시간으로 전해지는 울음소리. 나는 노려보고 있던 트럼프 얼굴을 가만히 뒤집으며 TV 화면 쪽으로 시선을 돌렸다. 그 절제된 울음의 주인공은 CNN 사라 시드너(Sara Sidner) 기자였다. LA에서 코로나 병상을 취재하던 그가 눈물이 번진 채로 힘겹게 말을 이어가고 있었다.

"이곳이 제가 열 번째 방문한 병원입니다. 열 번째…. 죄송합니다. 다시 해보겠습니다. 이 상황을 받아들이기가 너무 힘들어서…. 죄송합니다."

기자의 울음 섞인 목소리에 앵커의 눈도 붉게 물들었다.

"미안해할 필요 없어요. 당신의 보도를 통해 참담한 현장을 보고 있습니다. 우리 모두 깊은 슬픔에 빠져 있습니다. 미안해하지 말아요."

앵커가 다독여 봤지만 기자는 끝내 울음을 거둬들일 수 없었다.

시드너가 전한 현장은 참혹했다. 고통스럽다는 말조차 꺼낼 수 없는 참담함. 몇 줄의 언어로는 표현할 수 없는 슬픔이 현장을 짓누르고 있었다. 보도를 지켜보는 이들의 마음을 끝내 무너뜨린 건 주차장에서 장례식을 치르는 한 가족의 이야기였다. 사망자가 속출하면서 병원 장례식장을 구하기 어려웠던 탓이다. 코로나로 어머니와 양아버지를 모두 잃었다는 한 여성은 주차장에 차려진 빈소 앞에서 담담하게 말했다. "사랑하는 이들을 위해 끝까지 예방수칙을 지켜주세요." 눈물조차 말라버린 이 여성의 담담함이 내겐 감당하기 힘든 슬픔으로 느껴졌다. 슬픔이 증발해 버릴 때까지 그것을 삼키고 또 삼켜버린 고통의 시간들이 온전히 내게로 건너오는 듯했다. 가장 사랑하는 사람이 갑작스레 죽는 일이란 그런 것이다. 너무 슬퍼서 슬픔을 말할 수 없다. 너무 아픈 아픔은 울음마저 삼킨다.

내가 조금 알지만 다 알 수 없는 일에 대해 말하는 것은 두려운 일이다. 코로나로 가족을 잃어버린 슬픔의 무게를, 방송 사고가 날 것을 알면서도 결국 울어버린 기자의 사무치는 진심을 나는 감히 헤아릴 수 없다. 내 영세한 경험의 조각들로 그 심연을 겨우 짐작해 볼 뿐이다. 나는 CNN 시드너 기자가 끝내 울음에 항복해 버린 생중계 영상을 매우 복잡한 심정으로 지켜봤다. 그의 무력하되 진실한 슬픔을 조금은 알 것 같아서였다.

실은 내게도 그와 비슷한 경험이 있다. 몇 해 전 나는 사회부 기자로 세월호 참사를 취재했다. 자녀를 허망하게 떠나보낸 부모들을 취재할 때 나는 자주 슬픔에 잠기곤 했다. 그러나 끝끝내 눈물만큼은 참아냈는데, 기자는 무릇 감정에 휘둘리지 않고 오직 사실에 민감해야 한다고, 선배들에게 배웠기 때문이다.

그러나 그 몇 해 뒤 세월호 선체가 인양되던 날, 나는 선배들의 가르침을 어길 수밖에 없었다. 생방송 패널로 출연해 현장을 중계하던 나는 세월호 선체가 뭍으로 올라오던 순간 갑자기 차오르는 눈물을 어찌할 도리가 없었다. 침몰해 버린 아이들의 먹먹한 사연들이 세월호와 함께 인양되고 있었다. 안간힘을 쏟았지만 눈가가 붉어진 채로 떨리는 목소리를 내뱉을 수밖에 없었다. 방송 사고까지는 아니었지만, 몇몇 눈 밝은 시청자들은 슬픔에 항복해 버린 내 목소리를 알아차렸으리라.

그 몇 해 사이 달라진 건 하나였다. 세월호 사고가 터졌을 당시 내겐 아이가 없었지만, 그 세월의 틈에서 아빠가 된 것이다. 아비의 심정으로 바라보는 세월호의 슬픔은 그 공감의 깊이가 다를 수밖에 없었던 것이다. 코로나 현장을 취재한 CNN 기자의 어쩔 도리 없는 울음도 그런 깊은 공감이 밀어낸 결과라고, 나는 믿는다.

방송 뉴스에서 기자가 울먹여도 조금도 이상하게 여겨지지 않는 슬픈 시대를 우리는 통과해 왔다. 코로나와 더불어 지냈던 세월들은 '살았다'기보다 '견뎠다'는 말이 더 어울리는 시간들이었다. 얼떨결에 덮쳐버린 그 시간 동안 당연한 것들이 우리 곁을 떠나는 것을 경험하기도 했다. 사랑하는 이들과 얼굴을 마주하고 호흡을 함께하던 시간들. 가까운 이들을 따뜻하게 안아주던 포옹의 순간들. 그리고 이웃과 차 한 잔을 앞에 두고 나누던 소소한 대화들. 언제나 그렇듯 소중한 것들은 그것이 사라진 뒤에야 그 소중함을 깨닫는다.

그러나 이미 많은 것을 잃어버린 팬데믹 시대에도 변하지 않는 '당연한 것'은 있었다. 코로나에 속수무책으로 생명을 빼앗기고 있지만 어떤 비극에도 인간의 온기는 결코 식지 않는다는 것. CNN 기자가 생중계 도중 밀어낸 눈물 한 방울은 그 온기가 빚어낸 공감의 결정체였다.

비애는 도처에 있다. 코로나가 온전히 박멸된다고 하더라도 또 어떤 끔찍한 전염병이 인류를 덮칠지 모른다. 그러니 중요한 것은 비애를 박멸하는 일이 아니라, 비애와 더불어 살아가는 일일 것이다. 방송 사고를 무릅쓴 기자의 눈물처럼 누군가의 슬픔에 기꺼이 동참해 위로해주는 것. 그것은 제 사익을 쫓느라 거짓을 일삼는 어떤 '악성' 정치인에겐 없는 공감의 능력이다. 서로에게서 서로에게로 마음의 전류가 흐를 때, 비애조차 더불어 살아갈 수 있는 공감의 기적이 일어난다. 슬픔은 저절로 소멸되는 게 아니라, 곁에서 함께 울어줄 때 겨우 견뎌낼 수 있다. 이 당연한 진실을 문장으로 옮기면서 나는 몇 번이나 울음을 눌러야 했다.

가난하다: 크리스마스의 마음

크리스마스가 다가오면 생각난다. 『와락』이란 뭉클한 제목의 시집 한 권. 와락은 마음을 당기는 말이면서 동시에 마음을 밀어내는 말이기도 하다. 와락 안길 수 있었던 그 사람이 와락 눈물을 쏟게 만들기도 하니까. 이 뭉클한 시집을 펼칠 때마다 어쩐지 마음이 텅 비는 느낌이 드는 걸 보면 아무래도 나는 눈물 쪽에 가까운 '와락'을 떠올리는 것 같다.

이 책이 처음 내게로 왔던 계절의 풍경도 그랬다. 겨울이 깊어가던 2012년 12월의 어느 날이었고, 나는 경찰청을 담당하는 사회부 기자였다. 크리스마스가 다가오고 있었지만 설레기는커녕 어떤 것도 마음에 채워지지 않는 그런 시기였다. 그즈음 내 사랑하는 할머니가 삶의 끝자락에서 발버둥 치고 있었고, 나는 곧 닥칠 이별 앞에서 다만 초조했다.

기자실에서 정끝별 시집 『와락』을 뒤적이며 위로받던 그때, 시 한 토막이 와락 눈에 들어왔다. '세상 참, 떼꾼한 크리스마스 또 돌아왔네.' 그래, 세상 참, 떼꾼한 크리스마스. 떼꾼한 눈으로 삶의 마지막을 응시하고 있는 할머니를 볼 때마다 저 구절이 반복적으로 떠올랐다. 그 겨울에 할머니는 떼꾼한 크리스마스조차 맞이하지 못한 채 끝내 눈을 감았다. 할머니를 보내고 맞이한 그 떼꾼했던 크리스마스에 나는 기도했다. 일평생 예수를 마음에 품었던 할머니가 천국에서 진짜 메리 크리스마스를 누릴 수 있기를.

그해 유난히 떼꾼했던 크리스마스를 보낸 뒤부터 크리스마스는 내게 어떤 결핍의 날처럼 여겨진다. 젊은 시절에 한없이 채우려고만 했던 크리스마스가 자꾸만 텅 비어가는 느낌이다. 삶이 익어갈수록 마음은 가난해지기 때문일까. 크리스마스가 다가오면 잃어버린 것들이 자꾸 생각난다. 겸허하고 겸손해진 마음으로 이제는 만져볼 수도 없는 내 소중한 인연들이 자꾸만 떠오른다.

할머니가 저편 세상으로 건너간 지 꼭 10년째 되던 2020년 12월. 나는 아버지를 잃었다. 그리고 그 몇 주 뒤 크리스마스가 돌아왔다. 그 성탄절은 10년 새 가장 떼꾼해진, 세상 비루한 얼굴이었다. 나는 가난해지고 또 가난해진 마음으로 그 성탄절을 가만히 안아주고 싶었다. 더 이상 만져볼 수도 품어볼 수도 없는 아버지를 껴안는 심정으로.

가난한 마음이란 모든 작은 것들의 마음이다. 작고 연약한 것들에 마음을 내어줄 때, 우리 마음은 가난해진다. 마음이 가난하다는 것은 타인의 슬픔에 가닿으려는 안간힘이다. 2천 년 전 예수가 그랬던 것처럼.

예수는 "마음이 가난한 자에게 복이 있다"고 가르친다. 그러므로 가난한 마음이란 좋은 사람의 어떤 징표 같은 것인지도 모르겠다. 하지만 그 예수가 세상에 당도한 날인 크리스마스는 탐욕의 인간에 의해 훼손됐고, 또 훼손되는 중이다. 성탄의 의미를 제대로 모르는 사람들은 '남들처럼' 행복해 보이고자 발버둥 치면서도 연약한 이웃의 불행에는 가볍게 눈을 감아버린다.

할머니에 이어 10년 만에 아버지마저 여읜 나는 그 어느 해보다 '떼꾼한' 성탄을 맞이했다. 고요하지만 거룩하지 않은, 시시한 성탄 전야. 거실에선 희미한 캐롤이 흘러나왔는데, 나는 그 떼꾼한 음악들이 거슬려 유튜브 채널을 아무렇게나 터치했다. 그러던 차에 무슨 특집 프로그램에서 익숙한 음악이 흘러나왔다. 양희은의 〈엄마가 딸에게〉란 노래였다. 이름도 낯선 어떤 아이돌 가수가 제 아버지와 함께 이 노래를 부른다고 했다. '아빠가 아들에게'란 제목으로 개사를 했고, 노래 실력이 변변찮아 보이는 아버지가 떨리는 목소리로 첫 소절을 불렀다.

난 잠시 눈을 붙인 줄만 알았는데 벌써 늙어 있었고 /
넌 항상 어린 아이일 줄만 알았는데 벌써 어른이 다
되었고

아, 이것은 무언가를 무너뜨리는 노랫말이다. 마침 아
홉 살 아들은 산타 할아버지에게 받고 싶은 선물에 대해
재잘재잘 떠들다가 까무룩 잠이 들었다. 언젠가 나도 아
들에게 저렇게 말할 날이 오겠구나. 나는 벌써 늙었고, 넌
벌써 어른이 다 되었고… 그런 생각을 떠올리고 있자니
문득 목이 메는 것이었다.

난 삶에 대해 아직 잘 모르기에 너에게 해줄 말이 없
지만 / 네가 좀 더 행복해지기를 원하는 마음에 내 가
슴 속을 뒤져 할 말을 찾지

삶에 대해 아직 잘 모른다는 늙은 아빠의 고백이, 내겐
그 어떤 크리스마스 인사보다 따뜻하게 들렸다. 그렇게
가난한 마음을 가진 사람만이 삶의 진실을 조금은 안다.
삶을 잘 모른다고 말하는 사람이 바라는 행복이 진짜 행

복일 것이라고, 노래는 증언하고 있었다. 그리고 늙은 아빠의 노래는 이런 절절한 고백으로 끝을 맺었다.

내가 좀 더 좋은 아빠가 되지 못했던 걸 용서해 줄 수 있겠니 / 넌 나보다는 좋은 아빠가 되겠다고 약속해 주겠니

'좋은 아빠'가 되지 못했다는 것은 '좋은 사람'이 되지 못했다는 고백이다. 그러니 좋은 아빠가 되라는 당부는 좋은 사람이 되라는 당부일 터. 겨울이 익어가는 크리스마스 전날 밤. 나는 노래가 건네는 어떤 물음에서 달아날 수 없었다. 마치 몇 주 전 내 곁을 떠난 아버지가 저 노래를 불러주는 것 같았다. 끝내 하지 못한 유언을 들려주겠다는 듯, 아버지가 노래하고 있었다. 좀 더 좋은 아빠가 되지 못해서 미안해. 용서해 줘. 그러니까 너는 꼭 좋은 아빠, 그러니까 좋은 사람이 되렴.

확신에 찬 어조로 말하거니와, 그 어떤 수식어를 붙이든 크리스마스는 사랑 하나로만 유일한 날이다. 그러니 좋

은 사람이 된다는 것은 예수의 가르침을 좇아 사랑으로 가득 찬 사람이 되는 일일 것이다. 하지만 저편 세상의 아버지 노래를 들은 것처럼 숙연해지던 나는, 잠든 아이를 바라보며 문득 수치스러웠다. 증오는 더 커지고 사랑은 점점 희소해지는 세상에 나 역시 책임이 적지 않다는 것.

끝내 좋은 사람이 되지 못한 어른들은 습관처럼 〈징글벨〉을 부르고, 여전히 삶을 모르는 나는 조그맣게 되물어본다. 내가 좋은 사람이 아니라는 사실을 자각할 때, 우리는 비로소 좀 더 좋은 사람이 될 수 있지 않을까. 삶을 잘 모른다는 고백이 삶의 진실에 가장 가까운 말인 것처럼.

2

자만하다: 삶에 보내는 긍정의 시그널

기울다: 마음이 들리는 순간

막막하다: 슬픔이 얼어붙는 순간

허무하다: '그렇다고 하더라도'의 마음

설레다: 꿈이 꿈틀대는 순간

욕망하다: 거위의 꿈? 거품의 꿈!

순수하다: 순결해서 위태로운 고집

단념하다: 마음을 잘라내는 마음

무참하다: 당신은 모르는 슬픔 앞에서

가련하다: 같은 아픔에 이웃하는 마음

자만하다: 삶에 보내는 긍정의 시그널

무모하게도 마라톤을 해볼까 생각했던 적이 있다. 몰아치는 업무에 건강을 헌납해 버린 일상이 이어지던 무렵. 어느 기업가와 저녁 식사를 하던 중에 마라톤이 화제에 올랐다. 그는 한눈에 보기에도 깡마른 체구였는데, 수년째 스톱 버튼 없이 몸을 불려 온 나는 그 비법이 궁금했다. 그는 몇 년간 덮어놓고 뛰었다고, 하프를 지나 이제는 풀코스 마라톤에 도전하고 있노라고 일러줬다.

그의 '마라톤 예찬론'에 감동한 나는 바로 다음 날부터 준비에 돌입했다. 무엇이든 새로운 일을 시작할 때면, 그와 관련된 책을 읽고 필요한 용품을 꼼꼼히 갖춰야 하는

게 내 오랜 습관이다. 성능 좋은 러닝화를 구입하고 땀에
잘 견딘다는 기능성 트레이닝복까지 어렵지 않게 주문했
지만, 막상 서점에 가니 어떤 책을 읽어야 할지 막막했다.

닥치는 대로 검색하다 보니 의외의 이름 하나가 떠올
랐다. 무라카미 하루키. 그래, 그 하루키 맞다. 한창 시절
『상실의 세계』부터 시작해 내 지성의 한 축을 대놓고 흔
들었던 소설가. 그가 재즈 음악 마니아일 뿐만 아니라, 위
스키 전문가라는 것쯤은 알았지만 아예 대놓고 전문적인
마라토너인 줄을 잘 몰랐다.

그는 "마라톤이 아니었다면 지금의 소설가 하루키는
없었을 것"이라고까지 말했는데, 위대한 소설가의 그 단
호한 선언은 나를 달리기 쪽으로 더 매혹적으로 내몰았
던 것이다. 그가 쓴『달리기를 말할 때 내가 하고 싶은 이
야기』라는 밋밋한 제목의 에세이는, 마라톤과 문학 그리
고 인생의 묘한 교집합을 매우 효율적으로 호소했고, 나
는 기꺼이 하루키의 마라톤 예찬론에 한 표를 던지기로
했다.

숨을 헐떡이며 맨 처음 달리기에 나섰던 그해 가을밤. 못해도 한 10km쯤은 달렸던 것 같다. 아파트 단지를 가로지르며, 신호를 기다리는 횡단보도 앞에선 제자리 뛰기도 하면서. 너무 지칠 때는 가끔 멈춰 서기도 했지만, 적어도 걷기보단 달리는 순간이 더 많았다는 사실에 스스로를 위안하며 집으로 돌아왔다.

그렇게 한 2주쯤은 달리기에 매진했던 것 같다. 하지만 나는 내 몸 상태를 자만했고, 평소 하지 않았던 과도한 달리기는 온몸을 들쑤신 듯 그야말로 '골병'으로 나를 내몰았다. 근육통뿐만 아니라 오한에 구토까지 나왔을 때, 나는 러닝화를 현관에서 치워버렸다. 그리고 마라톤은커녕 가벼운 달리기조차 그 후로 잘 하지 않게 됐다. 마라톤이란 하루키처럼 위대한 정신의 소유자나 가능한 일일 것이라고, 스스로를 거듭 위안하면서 내 마라톤 도전기는 막을 내렸다.

억지 위안도 해봤지만 실은 이 모든 과정은 개운치 않은 기억으로 남아있다. 끝내 가보지 못한 곳에 대한 막연한 동경이랄까. 그 후로도 가끔 다시 러닝화를 신어볼까 마음이 요동칠 때가 적지 않았다. 마라톤에 관한 한 나는 확실한 실패자였으니까.

하지만 시간이 갈수록 내 일상은 더더욱 숨 쉴 틈이 없어졌고, 달리기는 이젠 동경조차 할 수 없을 지경에 이르렀다. 그 무렵, 나는 또 한 권의 마라톤 관련 책을 접하게 됐는데 제목부터가 신경이 거슬렸다. 『나의 아름다운 마라톤』. 또 빤한 예찬론이겠다 싶어 건너뛸까 하다가 쉰넷의 늦깎이 저자가 첫 등단한 작품이라고 해서 몇 페이지 넘겨봤다. 청년 시절부터 벼르고 벼르다 장년의 시기에 장편으로 등단한 작가였고, 그런 만큼 문장이 탄탄해 보였다. 작가 역시 우연한 기회에 마라톤을 시작했는데, 나와 달리 중도 포기하지 않았고 결국 풀코스를 훈련하면서 소설을 구상했다고 했다.

한때 마라톤에 도전해 본 경험 때문인지 그 내막이 궁금해졌고, 나는 이름도 낯선 한 신인 작가의 장편을 집어 들고 서점을 나섰다. 소설은 마라톤 풀코스 달리듯 느릿느릿 읽도록 구성돼 있었다. 주인공의 풀코스 참가 3주 전부터 풀코스 당일까지가 순차적으로 그려진다. 주인공은 매일 훈련을 거듭하는데, 그 사이사이에 회상과 상념이 끼어들면서 이야기가 전개된다.

주인공인 나는 결혼 9년 차 불임 여성. 어느 날, 남편에게 여자가 생긴 걸 알게 된다. 그날부터 무언가 이끌린 듯 뛰쳐나가 달리기 시작한다. 하루 훈련을 마치면 존재하지 않는 아이의 발을 벽에 그린다. 반복적으로 되풀이되는 이 장면은 주인공의 심리와 욕망을 그대로 투영한다. 주인공은 불임과 남편의 외도, 동생의 죽음 등 온갖 사건들과 마주한다. 마라톤은 그 사건들로부터 달아나기 위한 방편이다. 그리고 풀코스 완주를 끝내는 순간, 삶의 회복을 긍정하는 나를 발견하게 된다는 이야기.

소설에서 주인공은 거듭 자문했다. "나는 왜 달리는가." 이 물음은 인생이란 마라톤을 달리고 있는 우리를 문득 자극한다. 사실 마라톤에선 사소한 것들이 큰 고통이 되기도 한다. 이를테면 운동화 속 작은 모래 알갱이 같은 것들. 주인공은 말한다. "내가 달리고 있는 이 지구는 우주 속의 한 점. 생각해 보면 내 안의 아픔이란 얼마나 하찮은 것인가." 우리 삶도 그렇지 않은가. 인생을 완주하고 보

면, 아주 사소한 것들로 왜 그리 상처받았던가 허망하지 않을까. 아름다운 마라톤이란, 그러므로 아름다운 인생이란, 나를 긍정하고 위로하는 몸짓일 거라고 책은 말하고 있었다.

내가 다시 마라톤을 탐할 수 있는 때가 올 수 있을까. 나는 자신 없다. 다만 짧게나마 달리는 데 집중해 봤던 기억은 '자만하다'라는 마음의 말을 다시 정의하게끔 했다. 인생을 마라톤에 비유하는 건 게으른 '클리셰'이지만, 숨이 턱까지 차오를 만큼 뛰어본 사람들은 안다. 정해진 목표 지점까지 달려야만 하는, 하지만 단시간이 아니라 대부분 장시간에 걸쳐 그 일을 되풀이해야만 하는, 마라톤과 인생은 비유가 무색할 만큼 그렇게 쏙 빼닮았다. 자만한다는 건 스스로를 과대평가하는 것으로 대체로 부정적 뉘앙스의 마음이지만, 인생을 마라톤에 빗대고 보면 그것이 삶의 가장 소중한 에너지원일 수 있음을 알 수 있다.

자만한다는 건 스스로 만족하는 마음이다. 인생이란 마라톤에 임하기 위해선 스스로 만족할 수 있는 긍정의 힘이 필요하다. 삶의 여러 고통들도 실은 운동화 속 작은 모래 알갱이처럼 사소한 것에 불과하다는 것. 인생이란 긴 레이스 끝에는 모래 알갱이가 아니라, 목표지점에 도달한 스스로에 한껏 만족하는 마음, 그러니까 자만하는 마음이 필요하다는 것. 말하자면 자만이란 삶의 마지막 표정이어야 한다는 것. 삶의 '피니시 라인'에 도착한 누군가에겐 그래서 하루키가 꿈꾼다는 묘비명을 꼭 들려주고 싶어진다. "적어도 끝까지 걷진 않았다."

　인생이 마라톤이라면, 나는 이제 그 절반, 반환점을 돌았다. 인생은 마라톤과 매우 흡사하지만, 또 마라톤과는 달라서 모두에게 공평한 거리가 주어지진 않는다. 그러니까 내가 삶의 피니시 라인에 도달하기까지 얼마나 거리가 남았는지 나는 알 수 없다. 다만, 그 마지막 순간엔 내 지나온 삶에 자만하는 자의 표정을 지을 수 있기를. 적어도 끝까지 걷기만 한 인생은 아니라는 사실에 자족할 수 있기를. 그렇게 도도하고 당당하게 인생이란 풀코스를 달려갈 것을, 매 순간 포기하려는 마음과 싸워야 하는 마라톤 선수처럼 다짐해 보는 것이다.

기울다: 마음이 들리는 순간

'ET'는 내 기억 속에 최악의 선생이다. 중학교 3학년 때 담임이었는데, ET는 영어 교사(English Teacher)라는 단순한 뜻만이 아니라, 살짝 벗어진 머리에 촘촘한 주름살이 박혀 있는 외모에 빗댄 별명이기도 했다. 그때나 지금이나 학생들이 선생에게 붙이는 별명은 시간과 공간을 공유하는 경험에 의해 산출된다. 그 공통 경험의 결과로 매겨진 일종의 '인간 등급'이 선생들의 별명인 것이다. 그러니까 ET라는 다소 경멸적인 별명은 학생들이 그의 인간 됨됨이를 수준 이하로 본다는 뜻이었다.

ET는 한 줌의 교권을 이용해 학생들에게 일방적인 폭력을 일삼았다. 점심시간에도 교실 한편에서 도시락을 먹으며 우리를 감시했고, 교실에 약간의 소란이라도 일라치면 어김없이 몽둥이를 휘둘렀다. 더 끔찍했던 것은 그 폭력에도 계급적 차이를 두고, 학생들을 갈라치기 했던 일이다. ET가 생각하는 학생의 계급은 학업 성적에 비례하는 것이었다.

한 번은 쉬는 시간에 옆 반 K가 우리 교실에 들어왔는데, ET가 다짜고짜 물었다. "너 몇 등이야?" "42등입니다." ET는 "공부도 못하는 주제에 쓸데없이 옆 교실을 들락거린다"며 있는 힘껏 K의 뺨을 휘갈겼다. 그 순간 상황을 잘 모르고 있던 옆 반 P가 생각 없이 우리 교실 문을 열었다. ET는 버럭 소리를 지르며 같은 질문을 했다. "넌 몇 등이야?" P는 옆 반 3등이었고, ET는 들고 있던 몽둥이를 슬그머니 내려놨다. "그래, 볼일 있으면 보고 가라."

그러니까 ET는 성적이 곧 학내 계급이라고 철저히 믿고 있었고, 학생들과 마주치면 어떤 상황에서도 서둘러 질문부터 던졌다. "너 몇 등이야?" ET가 최악의 선생으로 남은 건 바로 그런 이유 때문이다. 그는 도통 학생들의 이야기를 들을 생각이 없는 선생이었다. 일방적으로 묻고 일방적으로 판단해 일방적으로 폭력을 가했다. 당시 겨우 중학교 3학년이었던 나는 다른 사람의 말에 귀를 기울이는 것, 그러니까 경청의 능력이 인간됨의 기본 조건이라고 믿었고, 그 믿음의 크기만큼 ET를 경멸했다.

말하자면 경청은 사춘기 소년이었던 내게 절박한 화두였던 셈이다. 경청은 상대에게 귀를 기울이는 물리적 행위에서 비롯되지만, 실은 마음을 기울이는 내적 움직임이기도 하다. 귀를 기울이지 않으면 상대의 내밀한 이야기를 들을 수 없지만, 귀를 아무리 기울여도 마음이 기울지 않으면 상대의 깊은 속내를 알아챌 수 없다는 것. 경청은 그 말뜻부터가 기울여(傾) 듣는 것(聽)으로 풀이되거니와, 인간의 모든 대화는 마음의 기울기에 따라 그 성패가 결정된다는 비의를 품고 있는 것도 같다. 마음이 기울었다는 건 내 존재를 기꺼이 쏟아냈다는 뜻일 테니까.

하지만 사춘기는 기울임보다는 밀어냄이 익숙한 시기이다. 누군가의 말을 기울여 듣는 대신 귀를 막아버리는 편이 속 편하다고 여기는 시절이다. 경청은 사춘기였던 내게 절박한 화두였지만, 그 시절의 나는 사람을 마주하는 것부터가 불편했다. 그렇게 밀어내며 달아나다 보니 당도한 곳이 음악이었고, 나는 기꺼이 기울여 들을 수 있는 상대가 생겼음에 가슴을 쓸어내렸다. 나는 김광석과 윤상과 신해철을 경청했고, 비틀즈와 에릭 클랩튼과 오아시스에 마음을 기울였다. 그들은 음악으로 내게 말을 걸었고, 나는 나를 잔뜩 기울여 그 속삭임을 듣고 또 들었다.

종종 그 경청은 속 깊은 대화로도 이어졌는데, 이를테면 밥 딜런처럼 숭고한 노랫말을 쓰는 뮤지션들이 그랬다. 밥 딜런은 마치 내 속내를 다 알고 있다는 듯 노래를 불렀고, 내가 그를 경청하는 게 아니라, 그가 몸을 기울여 내 이야기를 듣는 것 같았다. 밥 딜런을 들을 때 일어나는 그 신비한 경청의 기적은 어떻게 가능했을까.

이 물음에 대한 해답을 찾고자 『밥 딜런 평전』을 집어

든 게 2008년 여름인데, 돌이켜 보면 매우 상징적인 순간이기도 했다. 경제 하나는 자신 있다는 대통령이 등장했지만, 도무지 경청과는 거리가 먼 그의 정책이 많은 국민들을 밀어내기만 하던 시기. 나는 저 평전을 읽으며 밥 딜런 음악에 장착된 경청의 힘이 어디에서 비롯됐는지 탐색했다.

그는 무엇보다 먼저 듣는 사람이었다. 누군가에게 힘껏 마음을 기울여 들은 다음, 그것을 노래를 통해 전파했다. 그가 기울인 마음의 각도만큼, 그의 음악을 듣는 이도 마음을 기울였고, 그렇게 밥 딜런의 노래는 저항과 연대의 힘까지 갖추게 됐다는 것. 〈바람만이 아는 대답Blowin' in the wind〉을 초연하던 날 그는 이렇게 말했다. "이 노래는 저항곡이 아니다. 그저 누군가에게 전해 들은 것을 쓴 것이다." 그 기적 같은 경청의 스토리를 읽으며 초현실 같던 2008년의 대한민국을 견뎌내던 기억이 난다.

그러니까 소통은 누군가에게 마음을 기울이는 일에서 시작되는 것이다. 기꺼이 듣고자 할 때 기꺼이 말할 수 있다. 그리고 상대가 마음을 기울여 듣고 있다고 믿어버릴 때, 가장 순수한 의미에서 대화가 가능해진다. 이것은 아이를 키우면서 깨닫게 된 하나의 이치이기도 하다. 아이는 장난감과도 인형과도 심지어 돌멩이와도 대화한다. 먼저 말을 걸고, 마치 알아들었다는 듯 장난감과 인형과 돌멩이의 이야기를 전하기도 한다.

아이가 네 살쯤 됐을 때였을까. 아이에게 새 친구가 생겼다. 각각 우주, 동글이, 미키 마우스라고 이름 붙인 선인장 세 그루였다. 우주는 별을 닮아서, 동글이는 동그라미가 떠올라서, 미키 마우스는 우리가 잘 아는 그 만화 캐릭터와 흡사해서 그렇게 이름이 붙었다. 아이는 매일 아침 친구들의 이름을 불러 인사를 하고, 잠들 때도 "잘 자라"는 말을 빼먹지 않았다. 꽤 그럴듯한 이름이 붙었지만, 어른의 눈에는 그저 어색한 풍경이었다. 아이는 그 선인장이 자기 목소리를 듣고 있는 것처럼 말을 건네곤 했다. 아이의 세계에서 식물과 인간은 그 경계가 모호한 듯했다. 사람이 말하면 식물이 듣고, 때때로 식물이 말하고 사람이 듣기도 하는 모양이었다.

당시엔 그저 순수한 동심이 빚어낸 풍경이겠거니 생각했지만, 꼭 그런 것만은 아니었던 모양이다. 실제 식물도 소리를 듣는다는 연구 결과가 나온 적이 있다. 이스라엘 텔아비브대학교 연구진에 따르면, 달맞이꽃에 벌이 다가올 때 순간적으로 단물의 당도가 높아지는 현상이 발견됐다. 벌이 접근하면, 달맞이꽃이 그 날개 소리를 감지해 부리 속으로 꽃가루를 내려보낸다는 게 실험 결과로 입증됐다. 유리통 안에 넣어 소리를 차단한 꽃과 벌의 날개 소리를 들려준 꽃을 비교했더니, 소리를 들은 꽃의 단물 당도가 12~20% 증가한 것이다.

물론 이 하나의 실험 결과가 모든 식물에 청각 기능이 있다는 걸 입증해 주진 못한다. 그러나 단편적으로 확인된 과학적 결과는 무한한 문학적 상상력을 끌어낸다. 내 아이가 고작 선인장에 불과한 우주, 동글이, 미키 마우스와 대화하듯, 인간이 식물과도 소통할 수 있다면? 나의 통념 속에서 식물은 인간보다 열등한 존재다. 식물은 인간의 섭식 대상이거나, 관상용에 지나지 않는다. 때때로 그것을 짓밟거나 꺾어도 아무런 죄책감이 들지 않는다.

그런데 그 열등한 식물이 인간의 말소리를 다 듣고 있었다면?

여전히 과학적으로 명백하게 증명되진 못했지만, 나는 믿어버리기로 했다. 식물도 소리를 들을 수 있다고. 그런 생각을 하노라면, 새삼 경청의 가치를 떠올리게 된다. 식물조차 인간의 말에 귀를 기울이는데, 우리는 어찌 남의 이야기라면 귀부터 닫으려고 드는 걸까. 인간 세상의 많은 문제는 남의 말을 귀 기울여 듣지 않는 데서 비롯된 것이라고 생각한다. 사소한 가족의 다툼부터 난해한 정치적 논쟁까지, 상대방의 주장을 먼저 경청한다면 어렵지 않게 문제가 풀릴 수 있을 것이다.

그러나 우리의 공고한 아집 속에서, 나는 심오한 선인(善人)이고 상대는 단순한 악인(惡人)이다. 그렇게 관계를 선악으로 규정하고 들면, 그 어떤 대화도 불가능해지고 결국 이 세상은 온갖 갈등에 짓눌리고 말 것이다. 그러니 달맞이꽃이 벌의 날개 소리를 먼저 듣는 것처럼 우리도 타인을 향해 먼저 경청의 마음을 기울이면 어떨까. 그럴 수만 있다면, 세상을 조화롭게 하는 평화의 당도 역시 조

금은 더 높아지지 않을까.

그러나 이렇게 되물으면서도 나는 자신 있게 그렇다고 답할 수 없다. 다만 마주 말하는 사람들이 마음을 한껏 기울이면 서로의 밑자락 감정까지 쏟아낼 수 있다는 것만은 알겠다. 그러니까 경청은 실은 마음을 듣는 일인 것이다. 당신의 슬픔과 기쁨에 나의 쓸쓸함과 간절함을 함께 쏟아내며 가만히 포개보는 것. 마음과 마음이 쏟아져 서로 스며드는 기적적인 순간. 위대한 경청의 순간엔 이런 마음의 기적이 일어난다.

삶은 도무지 해결할 수 없는 난제들과 함께 굴러가는 복잡한 퍼즐이다. 그러나 그런 난제를 받아들었을 때도 당신과 내가 마음과 마음을 함께 기울인다면, 마주 보며 말하는 것만으로 위로가 될 것이다. 당신과 내가 끝내 해답을 찾지 못한다고 해도 상관없다. 당신과 나, 마음과 마음의 대화를 실어 나르는 바람만은 아는 대답일 테니까.

막막하다: 슬픔이 얼어붙는 순간

막막함은 아득해서 닿지 못하는 슬픔이다. 너무 슬프지만 그 슬픔을 해결할 방도가 도무지 보이지 않을 때, 우리는 웃지도 울지도 못한 채 막막해진다. 먹먹함이 슬픔에 물들기 시작한 마음이라면, 막막함은 슬픔을 쏟아낼 수조차 없는 절망의 마음이다.

나로 말할 것 같으면 종종 내 그림자를 바라볼 때 막막함에 갇히곤 한다. 마치 한순간에 마음이 얼어붙기라도 한 것처럼 어떤 막막한 상상이 피어오르기 때문이다. 저 그림자가 실은 내 안의 모든 어두움을 응축해 놓은 별개의 존재라면? 어느 날 그 그림자가 내게서 분리되고 마침내 나를 삼켜버린다면? 그리하여 죽음의 기운이 그림자처럼 내 곁에 바짝 다가선다면?

이를테면 이런 식의 이야기다. 감당할 수 없는 빚을 지게 된 아버지가 있다. 생활이 힘들어 빚을 지고 그 빚을 갚기 위해 다시 빚을 지는 끔찍한 악순환. 이제는 막다른 골목이다 싶을 때, 문득 자신의 그림자가 일어선다. 더 이상 버티지 못하고 그 그림자에게 제 존재를 먹혀버린 중년의 남성. 그 아들은 막 사랑에 빠진 연인에게 제 아비의 죽음을 이렇게 증언한다.

"그림자라는 것은 한번 일어서기 시작하면 참으로 집요하기 때문에 그 몸은 만사 끝장, 그는 귀신 같은 모습이 되어 죽고 맙니다. 죽나요. 죽어요. 그렇게 간단하게. 간단하게 죽기도 하는 거예요, 사람은."

이 섬뜩한 그림자 이야기는 황정은 작가의 장편소설 『百(백)의 그림자』에서 옮긴 것이다. 이 책은 갓 7년 차 기자가 됐을 즈음 내 손에 들어왔다. 그 몇 해 동안 가까운

124

친구 두 명이 잇따라 세상을 떠났다. 두 친구의 기일이 다가올 때마다 나는 자주 허망했고 종종 막막했다. 어떻게 겨우 서른 즈음에 느닷없이 생명이 그칠 수 있단 말인가.

『백의 그림자』는 인간 존재의 덧없음을 이야기하면서도 끝내 사랑의 온기를 잃지 않는 작품이어서 나는 필사적으로 이 소설에 매달리곤 했다. 친구들의 기일이 임박하면 어김없이 이 책을 펼쳤고, 허망하고 막막한 마음을 겨우 눌렀다. 하지만 최근 2년 새 전 지구적으로 발생한 코로나 사태는 이마저도 불가능한 마음 상태로 나를 내몰았다. 책을 펼칠 때마다 사랑의 온기보다는 존재의 허망함 쪽으로 마음이 자꾸 더 기울었고, 그림자가 일어나는 사태가 마치 현실처럼 여겨지기 시작했다.

그림자 설정은 소설이 고안해 낸 일종의 환상이란 걸 나는 안다. 지금껏 수차례 읽으면서도 저 소설적 장치가 환상이라는 것을 의심해 본 적이 없다. 그런데 어떤 이유로 그림자가 존재를 삼켜버리는 장면이 마치 생생한 현실처럼 다가왔을까. 다시 펼쳐 보아도 소설의 한 대목이 자꾸만 마음을 서걱거리게 한다. "간단하게 죽기도 하는 거예요, 사람은."

지난 몇 해 동안 인류는 죽음을 알리는 뉴스에 잔뜩 노출된 채 지내야 했다. 코로나 바이러스가 세계적으로 650만 명이 넘는 생명을 강탈해 갔다는 것(2022년 9월 기준). 『백의 그림자』의 소설적 장치를 끌어온다면, 전 지구적으로 650만 개의 그림자가 솟아나 소중한 생명을 집어삼킨 셈이다. 코로나는 인류의 가장 짙은 그림자였다.

불과 2~3년 새 650만 명의 생명이 증발해 버린 사태는 분명 안타까운 일이다. 그러나 솔직하게 말해야겠다. 내겐 누군가의 느닷없는 죽음이 건네는 분통함보다 내 가족 가운데 코로나로 숨진 이가 없다는 안도감이 더 앞서는 감정이다. 이 감정은 선의도 악의도 없는 일종의 본성이거니와, 내게 얼마간의 수치심을 안겨주는 것도 사실이다.

코로나 사태가 끝도 없이 늘어지면서 생명을 데이터로

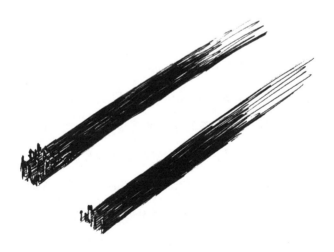

치환하는 것이 지극히 자연스런 일이 됐다. 코로나 관련 뉴스에서 하나의 생명은 하나의 숫자로만 여겨진다. 뉴스 앵커는 마치 증권 시황을 읽듯 그날의 감염자와 사망자 수를 알려준다. 우리는 사망자 650만 명이란 숫자에 불안감을 느끼는 한편, 내 가족이 무사하다는 사실에 가슴을 쓸어내린다.

그러나 우리가 너무나 많은 불행 앞에서 맥없이 무뎌진 것은 아닐까. 650만 명이면 덴마크 인구보다 많은 수치다. 그러니까 코로나 감염으로 인해 나라 하나가 통째로 사라진 셈이다. 이 끔찍한 사태 앞에서 우리는 제 가족의 안위만을 염려하며 살아도 되는 걸까.

분명히 말하자. 이 사태는 650만 명이 사망한 것이 아니라, 어떤 고유한 죽음이 650만 번 발생한 것이다. 모든 죽음은 저마다 독보적인 슬픔을 동반한다는 것. 마치 사람마다 제각기 다른 모양의 그림자를 가지고 있는 것처럼. 이 섬뜩한 그림자가 앞으로 또 다른 코로나의 모습으로 나타나 수백 만 명을 덮쳐올지 모른다고 생각하면, 마음이 얼어붙어 다만 막막해진다.

다행히 나를 피해 갔지만 타인은 기어이 삼켜버린 고통에 최대한 마음을 가까이 내주는 것. 그것만이 혹독한 계절을 함께 건디는 유일한 처방전일 것이라고, 나는 조금 막막하게 적어둔다. "간단하게 죽기도 하는 거예요, 사람은." 희망도 절망도 없는 저 단호한 한마디 앞에서 나는 웃지도 울지도 못하겠다.

허무하다: '그렇다고 하더라도'의 마음

　우리가 사는 나날들은 사방이 가로막힌 좁은 방이다. 누가 채운지도 알 수 없는 자물쇠 탓에 함부로 나가볼 수도 없는 곳. 누군가의 허락이 떨어지지 않는 한 벗어날 수 없는 일상이란 감옥. 종종 그 시간의 굴레를 탈출하고 싶다는 마음이 드는 걸 보면, 나날들이란 시간이 아니라 어떤 공간인 게 분명하다.

　기자가 된 이후 대부분의 시간을 정치부에서 보냈다. 여당으로 야당으로 출입처를 바꿔가며 내 일상은 국회에 흩뿌려졌다. 15년 차쯤 됐을 때였을까. 어느 날 출근길에 문득 그런 생각이 드는 것이었다. 정치부 기자로 살아가는 나날들에 온전히 갇혀버렸구나. 가뭇없고 속절없이 꼼짝도 할 수 없게.

그날 아침, 국회로 가는 버스를 기다리다가 불쑥 횡단보도를 건너 반대편으로 가버렸다. 지각할 게 뻔했지만 마냥 걷고 또 걸었다. 이 대책 없는 나날들을 벗어날 길은 없을까. 그런 생각을 떠올리고 있자니 돌연 눈물이 나는 것이었다. 필립 라킨이 「나날들」이란 시에서 이런 질문을 던질 때도 비슷한 심경이었을까. '나날들이 아니라면 우리 어디에서 살 수 있을까?'

동료들은 눈치채지 못했겠지만, 그날 내 얼굴엔 눈물 자국이 제법 남았다. 돌이켜봐도 그 울음의 흔적을 해명할 길이 없다. 슬픈 마음도 아니었는데, 이상스레 눈물이 고였던 그날. 허무하다,라는 말이 툭 튀어나왔다. 십수 년을 기자로 살면서도 도무지 쌓아놓은 게 없다는 수치스러움. 앞으로 또 다른 나날들을 쏟아붓는들 더 나아질 것 같지 않다는 허망함. 생의 장벽에 도달했다는 걸 알면서도 도대체 벗어날 길을 찾을 수 없다는 허탈함.

부끄러움과 허망함과 허탈함이 하나로 뭉쳐지면 허무함에 도달하는 걸까. 그즈음에 나는 자주 허무해져서 삶자체가 낯설어지곤 했다. 삶에서 생기를 걷어내고 나면 남는 것은 아무것도 없다. 가치도 의미도 목적도 사라진 텅빈 나날들. 이 허무함을 견디기 버거워 고통스러웠던 그해여름, 나는 무턱대고 핀란드행 비행기에 몸을 실었다.

핀란드 헬싱키로 떠날 짐을 꾸리면서 집어 들었던 책은 의외였다. 뻔하디뻔한 나날들에 허무해하던 내 손이 『우리는 언젠가 죽는다』를 집었고, 이 책은 헬싱키로 가는 비행기에서도, 헬싱키의 작은 공간들을 서성거릴 때도 늘 곁에 있었다. 나는 책 표제의 허무함에 끌렸던 것인데, 저 책은 헬싱키의 내 곁을 지키면서 허무함이란 실은 '그렇다고 하더라도'의 마음이라고 일러주었다.

그러니까 허무함이란 인간 종의 궁극의 마음이다. 생의 법칙은 자명해서 그 끝자락엔 아무것도 남기지 않는다. 있음에서 없음으로 생은 질주하고, 사랑하고 미워하고 행복하고 불행했던 모든 나날들도 가뭇없이 사라진다. 하지만 『우리는 언젠가 죽는다』의 저자는 죽음이 아니라 우리에 방점을 찍는다. 죽음이란 허무한 결말이 인간의 한계라 하더라도 그것은 나와 너와 우리에게 공평한 종착지라는 것.

"사람은 누구나 몸이 있다. 몸은 모두 죽는다. 당신의 몸도 그런 몸이다." 이를테면 책의 이런 대목에 밑줄을 그어가며, 나는 헬싱키의 서늘한 여름 바람을 맞았다. 북유럽의 느긋한 사람들, 그들도 언젠가 죽을 것이다. 그런 생각들을 떠올리며 헬싱키의 골목들을 서성대다 어디선 본 듯한 익숙한 가게 앞을 지나게 됐다. 영화 〈카모메 식당〉의 그 식당이 실제로 영업을 하고 있는 게 아닌가. 오픈 시간이 아니라 음식을 맛보진 못했지만, 몹시 영화적인 순간임에 틀림없었다.

허무함에 떠밀려 도착한 핀란드 헬싱키. 우리는 언젠가 죽는다는 서늘한 진실을 일러주는 책을 읽으며, 당도

한 곳이 카모메 식당이라니. 그러고 보니 세계지도를 펼쳐 놓고 손가락으로 찍은 곳이 핀란드여서 무작정 왔다는 영화 속 미도리가 내 처지와 다를 바 없었다. 아닌 게 아니라, '카모메 식당'에는 삶의 허무에 지친 사람들이 모여든다. 그리고 삶의 시간을 몹시 느리게 조율하면서, 함께 허무와 공존하는 법을 깨우쳐 간다.

서울에 견주자면 헬싱키의 리듬은 매우 느리다. 서울이 프레스토(Presto)라면 헬싱키는 아다지오(Adagio)였다. 여유가 삶이 된 곳. 삶은 응당 여백이 있어야 한다는 듯 최선을 다해 느리게 사는 사람들. 오후 4시면 퇴근길에 오르는, 문자 그대로 저녁이 있는 삶. 바쁘게 흐르는 것은 삶이 아니라는 듯, 그렇게 느리고 또 느리게. 급한 일 그런 건 없다는 듯, 핀란드인들은 살아가고 있었다. 모두에게 똑같이 허무한 삶을, 공평하게 죽음에 도달하는 그 삶을, 그들은 느린 템포로 우아하게 걸어가는 중이었다. 삶의 템포를 늦추면서, 허무와 기꺼이 공존하는 삶이랄까.

너무 급하게 흐르는 삶은 얼굴을 보여주지 않는다. 나

는 얼굴도 모르는 삶에 내 전부를 걸고 있었던 게 아닐까. 내가 전부라고 믿었던 삶이 헬싱키에선 삶이 아닌 형벌일 뿐이었다. 우리는 언젠가 죽는다. 삶은 그 무슨 수식어를 갖다 붙인다고 해도, 결국 하나의 허무다. 그렇다고 하더라도 하루만큼의 삶은 하루만큼의 무언가를 남긴다. 너와 나, 우리가 공존하고 있다는 추억의 증거들을. 핀란드인들이 느릿느릿 그 증거들을 남기고 있는 모습을 보고 있자니, 허무함에 조금은 관대해지는 듯도 싶었다.

그러니까 허무함이란 '그렇다고 하더라도'의 마음일 수도 있는 것이다. 있음에서 없음으로, 삶은 조금씩 지워져가고 결국 텅 빈 허무에 도달할 테지만, 삶의 속도를 조금만 늦춘다면, 그렇다고 하더라도 조금은 삶을 긍정할 수 있지 않을까. 느리고 또 느리게 언젠가 죽는 '우리'가 함께 삶을 건너는 마음. 사방이 가로막힌 바쁜 나날들에서 조금씩 발을 빼는 것. 급한 일 그런 건 없다고, 느릿느릿 사랑하는 이들을 돌아보며 걸어가는 삶. 그 종착지에선 끝내 허무로 결판나겠지만, 그렇다고 하더라도 사랑하는 이들과 함께 견뎌낸다면, 이만하면 괜찮은 삶을 이어갈 수 있지 않을까. 도무지 해결되지 않는 생의 허무함을 '그렇다고 하더라도'에 욱여넣으며, 그렇게 허무하게 우겨보는 것이다.

설레다: 꿈이 꿈틀대는 순간

설렘은 꿈의 마음이다. 설렌다는 건 당신이 이제 막 꿈의 시동을 걸었다는 뜻이다. 가슴 한켠에서 쿵쿵 설렘의 소음이 들렸다면, 당신은 이제 막 꿈의 기슭에 발을 들여놓은 것이다. 설렘이란, 그러므로 모든 꿈의 신호탄이다. 살면서 숱한 꿈을 품어봤다. 어린 시절 장래 희망부터 시작해 근사한 직업인이 되고 싶다는 꿈, 그리고 누군가와 사랑에 빠지고 싶다는 꿈에 이르기까지. 꿈을 꾸는 건 언제라도 설레는 일이었다.

사실 '꿈'이라는 우리말부터가 퍽 매력적이다. 입술을 내밀고 '꿈'이라고 발음할 때, 무한한 가능성의 세계가 열린다. '미'으로 마무리되는 '꿈'이란 말은 미래에 대한 밝은 전망을 가만히 감싸고 있는 것처럼 여겨진다. 그래서 '꿈'을 말할 때 내 마음은 늘 설렘과 기대로 가득 찬다.

하지만 꿈은 설렘으로 시작해 좌절로 끝을 맺을 때가 적지 않다. 돌이켜 보면 그가 품었던 꿈의 숫자만큼이니 좌절이 거듭됐다. 어린 시절 내가 처음 품었던 꿈은 밋밋하게도 과학자였다. 무슨 대단한 동기가 있었던 건 아니었다. 그 시절 『학생과학』 같은 잡지나 『내일은 발명왕』류의 만화책을 탐독하다 하얀색 실험 가운이 멋있어 보여서 꽂혔던 것 같다. 그래도 그 시절만큼은 과학에 꽤나 진지한 편이었는데, 교내 발명대회에 모터 달린 지우개를 출품해 장려상을 받은 적도 있었다.

그런데 무려 노벨상까지 꿈꿔보려고 했던 '어린 과학자'가 그 꿈을 덮는 데엔 몇 년이 채 걸리지 않았다. 중학교에 진학하고 수학이나 물리 같은 본격적인 이과 계열 학습이 시작되자 나는 두 팔을 벌려 항복하고 말았다. 독서나 글쓰기를 좋아했던 나는 누가 보아도 문과형 학생이었고, 이과 계열 과목에선 그다지 두각을 나타내지 못했던 것이다.

　고등학교에 진학해 문과냐 이과냐 선택할 때도 큰 고민은 필요 없었다. 그때쯤 이미 내 꿈은 과학과는 한참 먼 곳에서 꿈틀대고 있었으니까. 고등학교 1학년 때 〈질투〉라는 드라마를 보고선 나는 '드라마 PD'가 되겠노라 결심했다. 이제는 고인이 된 최진실과 최수종이 주인공이었는데, 당시로선 파격적이고 빠른 편집으로 국내 최초의 '트렌디 드라마'로 불렸던 드라마였다. 나는 16부작 전체를 비디오테이프로 녹화했고, 여러 번 돌려보면서 씬 단위로 분석까지 해가며 드라마에 탐닉했다.

　고교 시절을 통과하면서도 이 꿈은 흔들리지 않았는데, 그래서 고3이 되던 해에 나는 연극영화과를 가겠다는 야심까지 품게 됐다. 결국 이 결심을 부모님께 꺼냈다가 된통 혼난 뒤로 신방과나 국문과로 방향은 틀게 됐지만, 어쨌든 대학 입학 면접시험 때도 나는 당당히 말했다. "여기 국문과 출신 중에 드라마 PD가 계시던데, 저도 그 선배님처럼 훗날…"

대학에 입학하자마자 영화 동아리에 들어간 것도 '드라마 PD'를 준비하는 데 도움이 될까 싶어서였다. 하지만 이즈음 마주친 시트콤 한 편이 나를 흔들었으니, 그 유명한 〈남자 셋 여자 셋〉이다. 시트콤이니까 드라마 PD가 관련하는 것이겠거니 했지만 아니었다. 시트콤은 예능국이 제작 주체라고 했다. 이 대목에서 또 한 번 흔들. 나는 슬그머니 '예능 PD'를 기웃거리기 시작했고, 덮어놓고 방송국에 있는 대학 선배를 찾아가 진로 상담까지 했다. 누군가에게 웃음을 주는 건 얼마나 값진 일인가. 내 꿈은 확고했고, 그렇게 군에 입대했다.

그 꿈이 뒤집힌 건 입대한 지 얼마 지나지 않아서였다. 군에서 접하게 된 사회과학류의 서적들과 칼럼집, 구체적으로는 김규항, 고종석, 진중권 같은 미문가들의 매력적인 문장에 빠져버렸다. 휴가를 나올 때마다 닥치는 대로 그들의 책을 구입했고, 나는 제법 비장해졌다. 사람들에게 웃음을 주는 것보다 이 절망적인 세상을 뒤집는 게 내 소명 아닐까. 기자는 그 비장한 물음 끝에 받아 든 정답 같은 꿈이었다.

그렇게 '기자'는 직업으로 따지자면 내 꿈의 최종 종착지였다. 무려 여섯 번이나 낙방하고, 일곱 번째 도전한 언론사에서 다행히 나를 선택해 줬고, 그로부터 20년째 기자로 일하고 있다. 물론 언론사에 입사한 뒤로도 나는 자주 꿈이 좌절되는 경험을 했다. 나는 문학을 담당하는 신문 기자를 꿈꿨는데, 주로 사회부나 정치부에서 거친 기자 생활을 했다. 도중에 내가 속한 신문사가 방송사를 새로 세우면서, 지금은 뜻하지 않았던 방송 기자로 일하고 있기도 하다.

직업으로만 따지자면 물론 나는 꿈을 이룬 셈이다. 그러나 20년간 언론사에 몸을 담으면서도 꿈을 이뤘다는 감격은 잘 느끼지 못했다. 여느 직장과 마찬가지로 언론사도 치열한 일터였고, 그런 만큼 내 노동이 과연 정당하고 가치 있게 사용되고 있는지 고민스러울 때가 많았다.

10년 차쯤 됐을 때 나는 감당하기 힘들 정도로 깊은 회의감이 들었는데, 입사 후 처음으로 진지하게 직업을 바꿔볼까 생각한 적이 있다. 때마침 한 지인이 도전해 볼 만한 자리를 제안하기도 했다. 지금까지와는 전혀 다른 삶,

전혀 다른 직업 생활을 꿈꿔볼 수도 있지 않을까. 밤잠을 설쳐가며 고민하면서도 나는 새로운 꿈으로 설레기도 했는데, 끝내 그 꿈은 좌절되고 말았다. 결혼까지 하고 아이까지 갓 태어난 마당에 직업적 안정성을 포기하기가 쉽지 않았던 것이다.

생각해 보면 그 무렵 읽었던 책이 내게 잠시나마 무모한 꿈을 품어보게끔 이끌었던 것도 같다. 잘 나가던 직장인이었던 30대의 스위스 청년 두 명이 쓴 책이었는데, 제목부터가 설레는 내용이었다. 『가슴 뛰는 삶의 이력서로 다시 써라』. 삶의 이력서를 다시 쓰라니. 그러잖아도 10년차 언론사 생활에 진절머리가 났던 내게 솔깃한 권유가 아닐 수 없었던 것이다.

요안나 슈테판스카와 볼프강 하펜마이어. 두 명의 스위스 청년은 어느 날 멀쩡히 다니던 직장을 때려치우고, 또 다른 꿈을 꾸기 시작한다. 출발은 이런 물음들이었다. "어린 시절 꿈꾸던 삶이 이런 걸까. 돈만 잘 벌면 행복한가. 세상을 변화시키는 데 기여할 수 있는 직업은 없을까." 질문을 던지고 보니 가슴이 뛰기 시작했다. 무한한 가능성이 열리는 듯했다. 자신들과 비슷한 꿈을 꾸고 마침내 그 꿈을 이룬 사람들을 만나고 싶었다. 촉망받는 엘리트였던 지은이들은 그래서 현재의 삶에 '절교'를 선언한다. 그리고 배낭 하나 달랑 매고 1년간 세계 26개국을 떠돌았다.

과연 세계 곳곳에는 세상에 긍정적인 기여를 하는 사람들이 적지 않았다. 지은이들은 '롤 모델'로 삼을 만한 230명을 인터뷰했다. 대개 가난과 환경 파괴로 얼룩진 세상에 맞선 이들이다. 그 가운데 핵심 롤모델이라 할 만한 23명을 추려서 책에 담았는데, 아프리카에서 고아원을 이끄는 독일 청년, 대도시의 쓰레기를 혁신적으로 처리하는 페루 여성 등 꿈을 좇는 이들의 인생사가 드라마처럼 펼쳐진다.

누군들 돈도 벌고 세상에도 기여하고 싶지 않을까. 나역시 쳇바퀴 돌 듯 돌아가는 직장을 때려치우고 세상을 좀 더 나은 곳으로 만드는 다른 일에 헌신 해 볼까 고민했던 적이 있으니까. 그러니 저 스위스 청년들의 발상이 꼭 유별난 것만은 아닐 것이다. 문제는 당장 닥치는 현실이 아닐까. 다가올 카드 결제일이며, 아파트 대출금은 어쩌나 하는 고민들 말이다. 결국 나는 그런 진부한 현실 탓에 좌절했지만, 지금부터라도 또 다른 꿈을 품지 말라는 법도 없지 않을까.

세상을 앞으로 밀어내는 꿈을 이루고 있는 이들의 이야기에는 절로 가슴이 뛴다. 세상은 과연 꿈꾸는 이들에 의해 변화한다. 현재에 만족하지 않고 불가능한 미래를 꿈꿨던 사람들이 역사의 진보를 이끌었다. 기자 생활 20년 차. 나는 또다시 설렐 수 있을까. 저 결연한 스위스 청년들처럼 가슴 뛰는 삶의 이력서를 다시 써볼 수 있을까. 끝내 좌절되고 무너지더라도 꿈이 꿈틀대지 않으면 삶은 동력을 잃어버린다. 설렌다는 건 살아있다는 강력한 신호음이다.

욕망하다: 거위의 꿈? 거품의 꿈!

〈거위의 꿈〉이란 노래를 각별히 아낀다. 웅장한 후렴구도 좋지만, 늘 내 마음을 울렁이게 하는 건 초반부의 속삭이듯 부르는 지점이다. '난 꿈이 있었죠'로 시작하는 당찬 고백 말고, '헛된 꿈은 독이라고' 흘기듯 진실을 박아둔 대목 말이다. '세상은 끝이 정해진 책처럼 이미 돌이킬 수 없는 현실'이란 대목도 마찬가지 이유로 내겐 소중하다. 아니라고 할 수 없는 명징한 삶의 진실이, 이런 노랫말엔 있다. 물론 이 노래는 저 자명한 진실을 반박하면서 흘러가고 운명의 벽을 넘어 '내 삶의 끝에서 나 웃을 그날'을 외치며 막을 내린다.

이 노래를 처음 들었을 때는 나 역시 웅장한 피날레에 가슴이 뛰었다. 잘 알려진 것처럼 〈거위의 꿈〉은 이적이 가사를 쓰고, 김동률이 곡을 붙인 노래다. 두 뮤지션은 이미 대학 시절부터 스타였고, 음악 스타일이 잘 어울릴 것 같지 않은 두 사람이 당대의 인기에 힘입어 결성한 프로젝트 그룹이 '카니발'이었다. 그때가 1997년, 거의 30년 전 일이다. 당시 대학 2학년생이었던 나는 그해 가을 연세 대학교 100주년 기념관에서 열린 '카니발' 콘서트에서 이적과 김동률이 부르는 〈거위의 꿈〉을 처음으로 직접 들었다. 그들은 나보다 두어 살 많은 선배였지만, 그들 역시 대학 울타리에 있을 때였다. 그러니까 나는 저 노래를 내 또래인 20대의 당찬 다짐으로 들었던 것이고, '이 무거운 세상도 나를 묶을 수 없죠'라는 선언 앞에선 고개를 끄덕이며 눈물이 고일 지경이었다.

그러나 거의 30년이 흐르는 동안 저 노래는 내게 점차 다른 진실을 일러주었다. 〈거위의 꿈〉은 실은 '헛된 꿈'에 대한 노래라고. 우리가 사는 세상은 끝내 당당히 맞설 수 없는, '끝이 정해진 책'이라고. 저 노래를 쓸 때 스물셋이었던 이적은 이제 쉰 살에 가까운데, 그 역시 내가 발견한 다른 진실에 동의하지 않을까. 그러니까 나는 〈거위의 꿈〉의 이적보다는 〈거짓말 거짓말 거짓말〉의 이적이 삶의 진실에 가깝다고 여기는 편이다. '난 꿈이 있어요'라고 당차게 말해봤지만, 그래서 그 말을 '철석같이' 믿었지만, 결국 나타나지 않고 꺾여버린 젊은 한때의 거짓말 같은 꿈들. 꿈은 그렇게 자꾸 삶을 배반하고, 어쩌면 배반하기 때문에 꿈은 꿈으로서만 존재할 수 있는 것인지도.

다시 카니발을 듣던 대학 시절로 시간을 되돌려 본다. 꿈을 꿈으로서 간직하고 있던 시절. 누가 묻더라도 '그래요 난 꿈이 있어요. 그 꿈을 믿어요. 나를 지켜봐요'라고 고개를 빳빳이 들고 말할 수 있었던 시절. 나를 지배하는 꿈의 한 축은 문학이었다. 나는 드라마 PD를 하겠다며 대학에 들어갔는데, 문학을 전공하던 차에 슬그머니 문학평론 쪽으로 관심이 옮겨졌다. 소설을 내 마음대로 뒤집어 읽고, 시를 마구 분해한 뒤 그럴싸한 문장으로 재조립하는 과정이 설렜다.

그즈음의 나는 대학 도서관에서 '800'으로 시작하는 문학 코너에서 살다시피 했는데, 그렇게 처음 알게 된 작가들도 많았다. 소설가 최윤도 그중 하나였다. 그 시절의 나는 문학에 심취하면서도 영화 동아리에 참여하며 영화에도 지적 열정의 상당 부분을 쏟아부었는데, 동아리에서 〈꽃잎〉이란 영화를 분석하는 과정에서 그 원작자가 최윤 작가라는 걸 알게 됐다.

알고 보니 그 작가가 『회색 눈사람』『하나코는 없다』와 같은 당대의 가장 아름다운 작품을 썼고, 같은 대학 같은 과 선배인 데다, 지금은 내가 다니는 대학의 불문학과 교수라는 사실도 깨알같이 챙겨가며, 최윤을 탐독하기 시작했다. 그때 하나 잘못 알았던 건 '최윤'이 그의 본명이 아닌 필명이라는 것. 대학 교수 명단을 아무리 찾아봐도 '최윤'은 없었는데, 불문과에 확인해 보니 그의 본명은 '최현무'라고 했다. 작가 최윤에 흠뻑 빠져있던 나는 교수 최현무를 직접 만나기 위해 불문과 사무실 앞을 서성이기도 했는데, 언젠가 직접 마주쳤을 때 너무 큰소리로 인사를 해버려 최윤 작가가, 아니 최윤 교수가 조금 당황했던 기억이 난다.

당시 나를 더 들뜨게 했던 것은 그가 소설로 문학을 처음 시작한 게 아니라, 평론으로 데뷔했다는 사실이었다. 대학 시절 딱 한 번 신춘문예에 단편소설을 제출했다가 떨어져 버린 나는 창작보다는 평론이 내 길이라고 여겼던 것인데, 평론으로 문학을 시작한 그가 저토록 뛰어난 소설가가 됐다는 것은 내겐 더할 나위 없는 청신호였던 것이다. 그러나 결국 나는 평론으로도 소설로도 등단하지 못했다. 노력해 보지 않은 것은 아니지만, 문학에 의탁해 살아보겠다는 내 꿈은 끝내 '헛된 꿈'으로 판명이 난 셈이다. 젊은 한때 내 가슴을 뛰게 했던 많은 꿈들은 소망에서 희망으로 덩치를 키우다가 결국 절망으로 막을 내렸다.

꿈은 삶의 한 지표일 수 있지만, 그 자체가 삶의 목적일 순 없다. '거위의 꿈'은 대부분 '거짓말 거짓말 거짓말'로 판명 날 것이므로, 꿈은 삶의 한 추동력 정도에 그치는 게 옳다는 것이 내 생각이다. 문학에 의탁해 살겠다는 꿈은 비록 이루지 못했지만, 기사 형식일지라도 글을 쓰는 일을 업으로 삼을 수 있었던 것도 한때의 꿈이 내 삶을 그 언저리로 추동해 준 결과라고, 나는 믿는다.

나는 문학을 꿈꾸는 일에 관한 한 내 뚜렷한 한계를 인

정했고 기자의 길로 방향을 틀었던 것인데, 꿈을 끝내 놓지 못하고 문학을 '욕망'하는 것으로 허송세월하지 않았던 것을 다행이라고 생각한다. 그리고 그 덕분에 나는 조금 다른 마음으로 젊은 한때 내 꿈의 표상이었던 최윤 작가와 마주 앉는 기회를 갖게 됐다.

수년 전 신문사에서 문학 담당 기자로 일할 때, 최윤 작가를 인터뷰했다. 8년 만에 장편소설 『오릭맨스티』를 출간한 작가와 모교 연구실에서 만났다. 대학 시절 최윤이란 이름을 품고 등단을 꿈꿨던 이야기며, 끝내 평론가로도 소설가로도 살 수 없게 된 좌절의 이야기며, 시간이 흘러 그래도 문학 언저리에서 기사를 쓸 수 있어서 다행이란 이야기를 풀면서 나는 조금 설렜던 것 같다. 작가는 에펠탑이 그려진 받침대에 놓인 찻잔을 만지작거리며 새로 나온 장편 이야기를 들려줬는데, 인간의 욕망이란 얼마나 구차한 것인지를 놓고 한참 대화했던 기억이 난다.

『오릭맨스티』에선 무명(無名)의 남녀가 이야기를 끌고 가는데, 신문에 났던 실제 부부 이야기가 모티브가 됐다고 했다. 그러니까 어떤 부부가 계곡에서 캠핑을 하던 중에 자동차가 떠내려갔는데, 이 부부가 그 자동차를 건져내겠다고 물로 뛰어들었다가 끝내 죽어버렸다는 이야기. 저 자동차는 그 부부에게 한때의 꿈이었는지 모르겠지만, 그것을 놓아버려야 할 순간에 움켜쥐려다 더 소중한 생명마저 잃어버린 것이었다. 작가는 내게 욕망이란 무너진 인간성의 표상 같은 것이라고 했는데, 그날 이후로 『오릭맨스티』는 오래오래 내게 욕망의 경전으로 남았다.

요즘도 가끔 이 책을 다시 펼칠 때마다 엄중한 경고음이 어김없이 들린다. 꿈은 자주 우리 삶을 배반하지만, 그 꿈을 제때 놓을 줄 아는 것 또한 중요한 일이라는 것. 꿈과 욕망 사이엔 '인간성'이라는 최후의 전선이 있고, 이 선을 넘는 순간 인간은 꿈을 꾸는 주체에서 욕망의 지배를 받는 노예로 전락할 수 있다는 것.

꿈은 꿈에 머물러 있을 때는 그 자체로 무해하지만, 그것이 거친 욕망으로 번지는 순간 '헛된 독'으로 돌변할 수 있다. 꿈이 아닌 욕망에 사로잡힌 인간을 빗대는 말로 '호모불라(Homobulla)가 있다. '인간은 거품'이라는 뜻이다. 나는 이 말을 김영민 교수의 책(『인생의 허무를 어떻게 할 것인가』)에서 처음 익혔는데, 정당한 꿈이라도 탐욕을 부린다면 그 헛된 꿈 때문에 인간성 자체가 거품처럼 소멸될 수 있다는 경고로 읽혔다.

희망과 욕망은 전혀 다른 마음 빛깔이다. 희망은 그 결과와 무관하게 기꺼이 바랄 수 있는 마음이지만, 욕망은 파국이 빤히 보이는데도 기어이 멈추지 않는 마음이다. '장래희망'이란 말은 있어도 '장래욕망'이란 말은 없다. 희망하는 마음은 그 자체로 삶의 동력일 수 있지만, 욕망하는 마음은 그 자체로 삶에 치명적이다. 희망하는 만큼만 인간은 존엄하고, 욕망하는 만큼 인간은 한낱 거품에 지나지 않는다. 욕망은 거품의 꿈이다.

순수하다: 순결해서 위태로운 고집

음악은 시간을 가두는 상자이다. 어떤 음악은 특정 시간을 결박하고 끝내 풀어주지 않는다. 물리학의 법칙을 벗어난 곳에서 저 홀로 고여 있는 시간. 지금의 노래가 아닌 옛날의 노래에서, 그런 기적적인 사태는 자주 일어나곤 한다. 나로 말할 것 같으면 옛날의 노래가 지금의 노래보다 늘 아름답다고 여기는 편이다. 그래서 겁도 없이 저런 확신에 찬 글머리를 적었다. 시간이 흐르지 않고 다만 고여 있는 옛날 노래를, 나는 덮어놓고 아낀다.

나이가 들수록 고여 있는 옛 시간이 자꾸 그리워지기

때문일까. 요즘엔 옛날 노래를 한꺼번에 들을 수 있는 새로운 취미가 생겼다. 말하자면 이것은 일종의 시간 여행인 셈인데, 바로 옛날 라디오 방송을 듣는 일이다. 유튜브에 '옛날 라디오'라고 검색하면, 이문세의 별이 빛나는 밤에부터 이소라의 FM 음악도시까지 1980~1990년대를 풍미했던 라디오 방송이 클립으로 잘 정리돼 올라와 있다.

옛날 라디오 방송을 들으면 옛 노래와 더불어 지난 삶이 그대로 재현된다. 지금은 유물이 된 '012 삐삐' 광고가 나오고, 방송국으로 보내온 수백 통의 '손편지'가 DJ를 통해 소개된다. 지금 기준으로 보자면 촌스러운 그 모든 것들이 나는 다만 사랑스럽다. 시간은 모든 것을 훼손시키지만, 옛날의 노래가 실시간으로 나오는 옛 라디오 방송은 시간에 저항하는 자의 모습으로 순수하게 아름답다.

이를테면 2023년 3월 1일 40대의 나는, 1993년 1월 10일 이문세의 '별밤'을 듣던 10대의 나를 찾아간다. 고교 시절 지방에 살았던 나는 서울에서만 방송되는 '별밤'을 녹음한 테이프를 따로 구해서 듣곤 했다. 30년 전 그날의 게스트는 김광석이었는데, 이런 노래를 했다. "아무것도 가진 것 없는 이에게 시와 노래는 애달픈 양식. 나의 노래는 나의 힘. 나의 노래는 나의 삶"(〈나의 노래〉) 이제는 고인이 된 김광석의 30년 전 육성을 듣는 것도 감동적이지만, 저 노래를 들으며 "아무것도 가진 것 없어"도 "시와 노래"를 아끼던 고교 1학년의 내 모습으로 슬그머니 돌아가는 것은 참 뭉클한 일이다.

옛날 노래와 라디오를 듣는 일이 뭉클한 것은 시간이 훼손하지 못하는 것도 있다는 사실을 증언하기 때문이다. 이문세나 김광석이나 유재하를 들을 때, 나는 훼손되지 않은 어떤 순수한 나를 다시 발견한다. 그러니까 옛날의 노래는 시간의 흐름과 무관한 곳에서 순수함을 고수하고 있는 것이다. 옛날의 노래 속에서 이문세와 김광석과 유재하는 20~30대 청년의 모습으로 우리에게 말을 건다. 순수해서 마냥 빛나던 시절이, 당신에게도 있었노라고.

순수함은 세속에 때 묻지 않으려는 드센 고집이다. 순진함이 어린 시절의 타고난 본성이라면, 순수함은 세월의 흐름 속에서도 사사롭지 않으려는 안간힘이다. 나이가 들어갈수록 어린 시절의 순진함은 다 소진되고 말지만, 어떤 어른은 순진함을 순수함으로 변환시켜 고집스레 보존한다. 내겐 90년대 뮤지션들이 그런 어른들이었고, 그 어른들과 순수함을 공유하던 10대 시절의 옛날 라디오는, 그래서 어떤 순수함의 상징처럼 내게 남아있다.

하지만 순수한 시절을 아름답게 추억하는 것과 무관하게 순수함은 때론 위태로운 마음의 태도일 수도 있다. 어른들의 세계에선 순수한 것이 살아남기 힘든 법이니까. 순수함이란 단 하나만 아는 마음일 텐데, 복잡한 세상사는 그런 단견은 용납하지 않는다. 비단 세상사뿐 아니라, 순수함의 결정체로 여겨지는 사랑의 영역에서도 그 이치는 비슷하다. 어른들의 사랑은 아이들의 그것과 달라서, 순수함만으로 사랑을 쟁취하는 일 따위는 잘 벌어지지 않는다.

나는 순수함의 가치를 숭고하게 여기는 편이지만, 순수함이란 말 앞에서 머뭇거리게 되는 이유도 그 때문이다. '내 인생의 책'을 꼽으라면 맨 앞줄에 세워야 할 오르한 파묵의 『순수 박물관』은, 그래서 내게 모순적인 서사로 오래 기억되는 중이다. 사실 어떤 면에선 좀 통속적인 소설이다. 지독한 사랑과 지독한 집착의 이야기. 이 치명적인 사랑의 한 축은 '케말'이라는 이름의 튀르키예 상류층 남성인데, 이 남성은 서른 살에 한 여자를 만나 44일간 사랑을 나눈다. 여자의 이름은 퓌순. 케말보다 열두 살 어린 가난한 친척이다. 퓌순과의 짧은 사랑은 그러나, 케말에게 평생을 앓아야 할 질병으로 남았다.

그러니까 이런 이야기다. 둘의 사랑이 어긋난 뒤에도 케말은 유부녀가 된 퓌순의 집을 8년간 드나들며 사랑을 되찾을 날을 기다린다. 결국 퓌순은 다시 케말의 손을 잡았지만, 뜻밖의 사고로 죽고 만다. 사랑을 잃은 케말은 지독한 집착 증세에 시달리고, 퓌순과의 사랑을 평생 기억하기 위해 퓌순의 소지품을 수집한다. 귀걸이·손수건·머리핀·담배꽁초…. 케말은 퓌순과의 추억이 담긴 물건을 모아 이스탄불 중심가에 박물관을 세운다.

10년 전쯤 그 박물관에 가본 적이 있다. 소설 속 박물관이 현실 속에서 실현된 곳. 소설에 나온 그대로 '순수 박물관'이란 이름으로 튀르키에 이스탄불에 실제로 개관한 박물관이다. 문학이 현실로 확장된 독특한 사례랄까.

소설『순수 박물관』이 활자로 만들어진 세계라면, 이스탄불 시내에 문을 연 박물관은 공간과 사물로 창조된 소설처럼 보였다. 7월 하순이었고, 이스탄불은 낮 최고 기온이 38도를 넘나들 정도로 무더웠다. 순수 박물관이 있는 이스탄불 추쿠르주마 거리는 더위를 식히려는 사람들이 뿌려놓은 물로 축축했다. 입구에는 1445년 세워진 대중목욕탕이 있었는데, 이 목욕탕은 600년 가까이 이 거리에 증기를 뿜어내고 있었다.

축축하고 눅눅한 거리를 걷다 보면 붉은 벨벳 빛깔의 순수 박물관이 나온다. 소설에선 퓌순의 집이 있는 곳이다. 주인공 케말은 퓌순이 죽자 퓌순의 집을 개조해 순수 박물관을 짓는다. 파묵은 소설에 묘사된 그 위치에 실제 박물관을 세웠다. 순수 박물관은 한 번에 한해 책에 수록된 입장권으로 무료 입장할 수 있었다. 이 또한 소설과 현실의 경계를 허물려는 파묵의 문학적 전략인 셈이다.『순수 박물관』은 케말이 자신의 사랑 이야기를 소설로 써달라며 오르한 파묵에게 부탁하는 형식으로 서술돼 있다. 이를테면 무료입장권도 케말이 파묵에게 제안해 수록된다.

책을 펼쳐 무료입장권에 도장을 받고 박물관으로 들어섰다. 박물관 문은 몹시 좁았다. 폭이 40㎝쯤 될까. 몸을 옆으로 돌려야 겨우 들어갈 수 있을 정도다. 검표원에게 "문이 왜 이리 좁냐"고 물었더니 "사랑의 문이 본래 쉽게 열리는 게 아니다"며 웃었다. 로비 한쪽 벽면에는 담배꽁초 4,213개가 전시돼 있었다. 소설에서 케말은 퓌순이 피운 담배꽁초를 몰래 수집하는데, 개별 꽁초마다 당시 자신의 감정을 기록해 놨다. 첫 번째 꽁초는 1976년 10월 23일, 마지막 꽁초는 퓌순이 죽기 전인 1984년 8월 26일이다.

소설 속에서 케말은 "사랑의 고통을 견디는 유일한 방법은 (퓌순이) 남긴 물건을 소유하는 것"이라고 말했는데, 3층짜리 목조 박물관은 퓌순의 영혼이 묻어있을 물건들로 가득 차 있었다. 1층에 올라서면 '그때가 내 인생에서 가장 행복한 순간이었다는 것을 몰랐다'는 소설의 첫 문장이 한쪽 벽에 기록돼 있고, 이때부터 관람객은 소설과

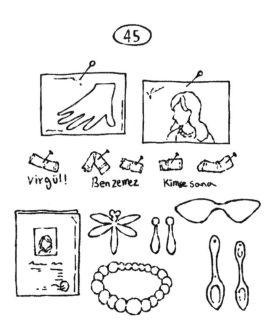

현실의 경계가 흐릿해진 문학적 공간 속으로 들어서게 된다. 퓌순의 이름이 새겨진 귀걸이, 퓌순의 립스틱, 퓌순의 손이 닿았던 양념통과 스푼…. 박물관 속 물건이 소설의 이야기를 속삭이고 있었다.

현실 속 순수 박물관은 소설의 이야기를 실재처럼 재현하면서 이런 순수한 사랑도 가능하다고 강변하는 듯했다. 이 극단적으로 순수한 사랑의 서사는, 그러나 위태로운 마음의 풍경이기도 하다. 케말의 순수하게 병적인 집착은 현실 세계에선 용납되기 힘든 마음이라는 것. 파묵은 결국 파국을 맞은 사랑을 박물관이란 방식으로 연명하고자 했지만, 끝내 파국에 이른 사랑이란 팩트는 변하지 않는다. 그러니까 순수함이란 순결해서 위태로운 고집이다. 단 하나만 아는 마음은 어른의 세계에선 무구한 무능으로 취급된다.

옛날 라디오를 들으며 순수함을 탐미하면서도 『순수 박물관』을 다시 펼칠 때면 나는 멈칫하게 된다. 파묵은 소설과 현실의 경계를 허무는 방식으로 박물관을 착안했을 테지만, 순수함이란 박물관에서나 목격할 수 있는 고루한 마음이란 뜻으로도 읽힌다. 이것은 쓸쓸한 결말이지만, 삶의 잔혹함을 체험한 사십 대 중턱의 나는 이렇게 말할 수밖에 없다. 어떤 음악은 시간을 가두지만, 모든 순수함은 시간 앞에서 무력하다.

단념하다: 마음을 잘라내는 마음

마흔 살의 엄마가 쑥스럽게 웃는다. 마흔다섯의 아버지는 장난스럽게 '무비 카메라'로 엄마를 찍고 있다. 엄마는 양손을 펼쳐 하늘에서 내리는 눈을 받아내는 중이다. 얼굴은 나오지 않지만, 카메라 앵글이 자주 흔들리는 걸 보면 아버지도 함께 웃고 있었던 게 분명하다. 그 옛날 비디오테이프에 담긴 이 풋풋한 영상을 내 나이 마흔 무렵에 처음 봤다. 당시 암 투병 중이던 일흔 무렵의 아버지가 핸드폰 영상으로 추출했다며 나한테 카톡을 보냈다. 쑥스러운 메시지도 이렇게 한 줄 덧붙여서. "이때 네 엄마 참 예쁘지?"

이 영상을 떠올릴 때마다 저편 세상으로 떠나버린 아버지가 자꾸만 더 그립다. 가족들의 기록을 정리하는 데 열심이었던 아버지는 옛 사진과 영상을 잔뜩 유품으로 남겼다. 아버지가 곁을 떠나버린 뒤 그 손길이 그리워 젊은 시절 부모님의 사진이나 영상을 부쩍 찾아보게 된다. 수십 년 전 겨우 내 또래였던 부모님의 천진한 옛 이미지를 바라볼 때, 나는 좀 낯설다. 아니, 더 정확히는 부모님이 나와 마찬가지로 마흔 무렵을 지나왔단 사실 자체가 나로서는 당혹스럽다. 내 기억 속에서 엄마와 아버지는 늘 닿을 수 없는 어른이었으니까. 하지만 부모님에게도 젊은 한때는 분명히 존재했다. 서로 사랑하고 실망하고 이해하고 오해하며 부딪혀 온 청춘의 시간들. 그 시간들이 쌓이고 쌓여 내 부모님도 마흔이 됐던 것이리라.

부모님이 먼 어른처럼 여겨졌던 것만큼, 어린 내게 마흔은 도무지 닿을 수 없을 듯한 시간이었다. 그래서 마흔을 떠올릴 때마다 나는 아득해서 설레거나 희미해서 두려운 감정에 휩싸이곤 했다. 무엇보다 마흔은 감히 다가갈 수 없는 어른의 나이였으므로, 삶의 희로애락에 통달한 '진짜 어른'들에게만 주어지는 매우 특별한 선물일 거라고, 어린 나는 믿었던 것이다. 그러나 막상 마흔의 문턱을 넘고 보니, 이래도 되나 싶을 정도로 허망한 기분이 들었다. 희로애락에 통달하기는커녕 삶에 대해 여전히 무지한 채로, 나는 마흔을 맞이했다. 갓 전학 온 학생처럼 쭈뼛대며 마흔이라는 자리에 앉았지만, 그 나이를 마주하는 서먹하고 부끄러운 마음은 좀체 지워지지 않았다.

어째서 그토록 고대했던 마흔이 부끄럽게 여겨졌을까. 아마도 내가 '진짜 어른'이 되지 못했다는 슬픈 자각 때문이었을 게다. 내가 막연하게 그렸던 진짜 어른은 타인을 품어내는 너른 마음과 복잡한 삶의 문제에 깊은 통찰력을 지닌 사람이었다. 그러나 아무리 생각해도 나는 그런 어른은 아닌 것 같았다. 마흔 문턱을 넘어섰지만, 내 삶엔 때만 묻어가는 듯했다. 생이 쏟아질수록 자꾸만 번져가는 수치심. 감추려 해도 좀체 감출 수 없는 어떤 죄책감. 마흔의 문을 열며 당혹스러워하던 그즈음, 허연 시인이 마흔 무렵에 썼다는 어떤 시에서 너무 정확해서 섬뜩한 진실 한 토막을 발견했다.

내 나이에 이젠 모든 죄가 다 어울린다는 것도 안다.
업무상 배임, 공금횡령, 변호사법 위반. 뭘 갖다 붙여
도 다 어울린다. 때 묻은 나이다. 죄와 어울리는 나이.
나와 내 친구들은 이제 죄와 잘 어울린다

_허연, 「슬픈 빙하시대2」 중에서

나이에 묻은 때는 절로 씻기지 않는다. 생이 쏟아질수
록 수치심의 얼룩은 때가 되어 나이에 들러붙는다. 이제
는 마흔도 훨씬 넘어 사십 대 중턱마저 넘어선 나는 '죄와
잘 어울리는' 내 나이가 덜컥 겁이 날 때가 있다. 각종 구
설로 뉴스에 오르내리는 이들이 또래라는 사실을 마주할
때마다 공범이 된 듯, 나는 부끄럽다.

그러니 분명한 사실은 이것이다. 마흔은, 그 연장선으
로써의 중년은 두근대는 선물과는 거리가 멀다는 것. 그
것은 희로애락에 통달한 '진짜 어른'에게 주어지는 선물
이 아니라, 삶에 때를 잔뜩 묻힌 이들이 얼떨결에 받아 든
성적표 같은 것이다. 여전히 삶을 잘 모르기에 그 성적표
가 '낙제'가 아닐 가능성은 별로 없다. 어쩌면 인생에 통달

한 '진짜 어른' 같은 건 중년을 지나 노년에 이르도록 도달하기 힘든 지점일지도 모른다. 살아갈수록 삶에는 자꾸 얼룩이 번져가고, 나이에 묻은 때는 좀체 지워지기 힘든 법이니까.

사십 대의 문턱을 막 넘어섰을 때 나는 '때 묻은' 내 나이가 수치스럽고 측은했다. 그 무렵 정여울 작가의 산문집 『마흔에 관하여』를 집어 든 것도 같은 측은함을 공유해 보고 싶어서였다. 그런데 아니었다. 첫 페이지부터 작가는 마흔은 그런 게 아니라고 말하고 있었다. 이를테면 프롤로그부터 '내겐 너무나도 찬란한 마흔'이란 부제를 달아뒀다. 작가는 마흔은 때 묻은 나이가 아니라, 때를 비로소 벗겨내는 나이라는 식으로 우기고 있었다. 나와는 전혀 다른 방식으로 마흔을 받아들이는 작가가 나는 거슬렸는데, 그렇게 절반쯤 읽다가 책을 덮어버렸던 기억이 난다.

특히 나는 작가가 '마흔은 무언가를 새롭게 배우기 좋은 나이'라고 주장하는 것에 큰 반감을 가졌다. 마흔을 단념의 나이라고 여기는 나와 정확히 대척점에 서 있었기 때문이었다. 마흔 무렵에 이르면 단념이 일상이 된다는 게 내 생각이다. 단념한다는 것은 어떤 마음을 끊어내는 일이다. 마흔에 도달했을 때 우리는 제 한계를 분명히 자각하게 되고, 내면의 꿈들을 하나씩 잘라내게 된다. 무언가를 새롭게 시작하는 게 아니라, 무언가를 꿈꾸는 마음을 잘라내는 나이. 이렇게도 저렇게도 할 수 없음을 깨닫고 마음속 꿈을 하나씩 잘라낼 때 마흔은 온다고, 나는 믿는다.

그렇게 단념이 신념인 것처럼 나는 사십 대를 가로질러 왔다. 그러나 정여울의 산문집을 집어 들었던 사십 대 초입을 지나 이제는 그 중턱마저 넘어선 지금, 충분히 단념했는지를 물어본다면 나는 자신 없다. 청년의 때에 막연하게 품었던 꿈은 하나씩 잘라냈는지 모르겠지만, 나는 공고한 내 자아를 도무지 단념하지 못한다. 말하자면 내 능력의 한계를 체감하고 할 수 없는 일들을 하나씩 잘라내면서도, 내 안의 얼룩은 인정하기가 쉽지 않았던 것이다.

사십 대 중턱을 넘어 정여울의 산문집을 다시 펼쳤을

때 완전히 그 책을 오독했음을 깨달았던 것도 그 때문이다. 여러 대목에서 작가가 나보다 한 단계 더 높은 곳에서 단념의 나이인 마흔을 인정하고 있다는 걸 알게 됐고, 몇 년 만에 비로소 책을 완독했다.

작가는 마흔을 새롭게 시작하는 나이라고 적으면서도 '내 그림자와의 행복한 동거'라고 명명했다. 이를테면 자신의 어둡고 못난 구석인 그림자조차 편안하게 받아들이는 나이가 마흔이라는 것. 제 삶의 그림자, 그러니까 얼룩과 때를 똑바로 응시하고, 나아가 그 흠결을 같은 세대의 것으로 받아들이고 함께 아파하는 마음이 책 곳곳에서 묻어났다. 그렇게 작가는 '진짜 어른'에 가까워지고 있었고, 나는 마흔을 단념의 나이라고 여기면서도 끝내 내 그림자를 편안하게 받아들이지 못했다.

내가 이해하는 어른이란, 나의 '없음'과 너의 '없음'을 같은 무게로 잴 줄 아는 사람이다. 바꿔 말하면, 나의 '있음'을 앞세우지 않고 너의 '있음'을 존중하는 이가 '진짜 어른'이다. 당신도 나도 '때 묻은' 삶을 살고 있지만 우리에겐 저마다 감춰진 꽃밭도 있다는 것. 말하자면 삶이란 분뇨와 향기가 뒤섞인 오래된 화원과 같다는 것. 삶을 다 안다고 착각하는 치들은 마흔 문턱만 넘어서도 '불혹' 운운하며 상대를 가르치려고 든다. 그러나 '마흔에 관하여'를 우아하게 고찰한 작가처럼 비록 반쪽이라도 진짜 어른이 되고자 애쓰는 자라야 비로소 나이에 묻은 때를 조금은 씻어낼 수 있을 것이다.

그 시작은 타인의 삶에 감춰진 '비밀의 화원'을 온전히 인정해 주는 일이다. 이를테면 이 노래가 은밀하게 들려주는 삶의 어떤 비의처럼.

누구나 조금씩은 틀려 / 완벽한 사람은 없어
_이상은, 〈비밀의 화원〉 중에서

마흔에 이르면 그 어떤 삶에도 완벽한 화원이란 없다는 걸 알게 된다. 누구나 조금씩 틀리고 얼룩지는 게 공평한 생의 민낯이라는 것. 그래서 이 노래는 사십 대의 말석을 향하는 내 마음에 무언가를 쑤셔 박는다. 고집스런 자아를 지키려는 마음을 잘라내고, 나의 얼룩도 타인의 그림자도 편안히 받아들일 것을 채근하는 노래. 때 묻은 나

이를 부끄러워할 줄 아는 '반쪽 어른'들에게 겨우 들리는
노래. 내 나이 마흔 살에는 안 들렸던 그 노래.

* 『나쁜 소년이 서 있다』「슬픈 빙하 시대 2」, 허연, 민음사, 2008

무참하다: 당신은 모르는 슬픔 앞에서

당신의 슬픔은 내게 건너오지 않는다. 함께 웃어줄 수는 있어도 함께 울어주기는 쉽지 않다. 당신이 지닌 슬픔의 매장량을, 나는 모른다. 그러므로 '타인의 슬픔'이란 난제 앞에서 나는 속수무책이다. 슬픔이란 층위에서 당신과 나는 타자다. 이것은 쓸쓸한 고백이지만 그래도 해볼까. 지난 몇 년간 코로나 시대를 통과하면서 타인의 슬픔을 감각하는 일에 더 무뎌진 것 같다. 느닷없는 죽음이 도처에 있었으므로 그 슬픔을 다 이해하기란 불가능했고, 어느 순간 내 슬픔은 작동을 멈춰버렸다.

가까운 이의 슬픔도 다를 건 없다. 타자는 인간의 한계이므로, 제아무리 사랑하는 사람이라도 그 개별적인 슬픔을 온전히 이해할 수는 없다. 같은 아픔을 느낄 수 없다면 같은 슬픔에 도달할 순 없는 것이다. 이를테면 내게는 어떤 비참한 기억이 있다. 몇 해 전 가까운 친지가 갑작스런 암 선고를 받았다. 급속도로 병세가 악화됐고 불과 몇 개월 만에 의식마저 희미해졌다. 그의 아내는, 그러니까 내 이모는 거의 실성한 듯 보였다. 그는 죽음만을 바라보고, 나는 그 참혹한 현실을 함께 슬퍼해야 하는 상황. 병실에서 그의 손을 잡았을 때 나는 울었는데, 울면서도 내 이모의 깊은 슬픔을 다 헤아릴 순 없었다. 그리고 이모보다 훨씬 빠른 속도로 슬픔에서 빠져나왔다.

이 기억을 떠올릴 때마다 나는 무참하다. 무참한 것은 '말할 수 없이 부끄러운 마음'이라고 사전은 풀이한다. 그런데 그 말뜻 그대로 풀자면, '무참'은 그 자체로는 부끄러움이 없다는 뜻이다. 불교 쪽에선 자신의 과오에도 수치심이 없다는 뜻으로 이 말을 쓴다. 내게 어원을 따질 지식은 없지만, 이런 불교적 의미가 확장돼 '무참'이란 말이 수치스러움을 강조하는 뜻으로 변환된 거라고 막연히 추측해 본다. 말하기조차 매우 부끄러운 상황에 처했을 때 우리는 무참히 무참한 마음에 처한다. 우리말에도 비교급이 있다면, 무참은 수치스러움을 뜻하는 말 가운데 최상급임에 틀림없다.

그러니까 친지의 슬픔에서 서둘러 나올 때의 기억이 무참한 것은 나로서는 해명할 수 없는 부끄러움이 들었단 뜻이다. 그 무참한 기억이 '타인의 슬픔'의 불가해성에 대한 가장 명징한 예시이기 때문이다. 나는 너를 사랑하지만 네가 느끼는 것과 똑같은 슬픔을 느낄 순 없다는 것. 네 마음이 짓눌리는 압력도, 네 눈물이 솟구칠 때의 그 미세한 떨림도 나는 알 수 없다는 것. 그러므로 이 무참한 진실의 압력에 짓눌려 나는 이렇게 말할 수밖에 없다. 당신은 당신의 슬픔으로만, 나는 나의 슬픔으로만 온전할 수 있다고.

그러니 거듭 물을 수밖에. 너를 사랑하는 나는 너의 슬픔을 어떻게 품어내야 하는가. 이 물음이 내 안에서 계속 맴돌고 있을 때, 어떤 책과 마주쳤다. 구약성서에 담긴 시가서 「욥기」다. 나는 기독교 신앙 쪽에 서 있는 사람이지만, 「욥기」는 하나의 문학 작품으로서도 온전하다. 아닌게 아니라, 저 책은 『욥의 노래』(민음사)라는 제목으로 한 권의 시집으로 출간되기도 했다. 내가 타인의 슬픔이란 물음을 받아들였을 때, '욥의 노래'는 신앙의 편이 아니라 오히려 지성의 편에서 내게 묵직한 담론을 던졌다.

욥기를 해석하는 관점은 여러 갈래겠지만, 나는 '타인의 슬픔'이란 틀에서 읽어보려 했다. 욥은 신학적으로는 물론이고 문학적으로도 매혹적인 캐릭터다. 인간 존재의 근원적인 한계를 보여주는 인물이기 때문이다. 욥은 '온전하고 정직하며 악에서 떠난' 사람으로 소개된다. 그런데 어느 날 오직 신의 결단으로 모든 것을 빼앗기고 극한 고통에 처한다. 이 고통의 서사를 통해 욥은 거듭 묻는다. 까닭을 알 수 없는 슬픔을 당했을 때, 인간은 어떻게 이 난제를 해결해야 하는가.

결론을 당겨 말하자면 이렇다. 그 어떤 타인도 한 개인의 내밀한 슬픔을 이해하고 해결해 주는 것은 불가능하다는 것. 친구들은 욥의 슬픔을 다 이해하겠다는 투로 나름의 해법까지 제안하지만, 욥은 이를 반박하고 심지어 분노한다. 욥의 슬픔을 위로하겠다는 친구들의 선의가 욥에게 위로가 되기는커녕 모욕적으로 여겨진 것이다. 왜 이런 일이 발생하는가. 타인의 슬픔은 애초에 불가해의 영역에 있기 때문이다. 슬픔이란 개별적이고 내밀한 감정이므로, 결코 나는 너의 슬픔을 정확히 인식할 수 없다는 것. 그 무슨 수를 써봐도 내가 네가 될 순 없는 노릇이니까.

우리는 종종 비참한 뉴스를 접하고 눈물을 흘리기도 하지만, 그 슬픔은 어떤 면에서 연극적이다. 우리는 결코 그 비참한 뉴스의 주인공이 될 순 없고, 그러므로 그 슬픔을 이해할 수도 없다. 다만 눈물을 한 번 쏟아내는 것으로 불편한 내 마음을 씻어내는 것이다. 결국 슬픔은 마음의 소관이다.

오랫동안 인간에게 마음의 근거지는 심장이었다. 슬픔도 심장 한구석에 제 서식지가 있다. 그러므로 각자의 심장으로 각자의 슬픔을 안고 살아가는 게 인간이다. 나의 슬픔이 타인의 심장을 멈추게 할 수 없듯, 타인의 슬픔이 내 심장을 멈추게 할 수도 없다.

　이기적인 진실이라 불편하지만, 이것이 어쩔 도리 없는 인간의 숙명이다. 욥의 슬픔이 그러했듯 타인의 슬픔에 관해서라면, 우리는 그 슬픔의 내밀한 중심으로 결코 들어갈 수 없다. 슬픔이란 층위에서 당신과 나는 구획이 분명한 타자이니까. 이것은 분명 인간의 서글픈 한계이지만, 타인의 슬픔을 이해하려는 발버둥까지도 무용하다고는 감히 말하지 못하겠다. 각자의 심장은 왼쪽에서 뛰지만, 서로의 가슴을 포개면 타인의 심장이 내 오른쪽에서 뛰고 있음을 느끼게 된다. 당신의 왼편은 나의 오른편. 심장을 쪼개어 붙여서 하나가 되는 방법은 없지만, 나의 왼쪽 심장으로 너의 텅 빈 오른쪽을 채워줄 수는 있다. 다 이해한다는 투로 위로받을 것을 강요하는 것이 아니라, 다만 껴안아 주는 것.

　나는 끝내 네가 될 순 없지만, 내가 지금 살아서 네 곁에 있다는 것을 알려주는 심장의 박동 소리. 서로의 왼쪽과 오른쪽이 포개져 함께 뛰는 심장. 어쩌면 이것이 너의 슬픔에 대해 내가 취할 수 있는 최선이 아닐까. 끝끝내 당신의 슬픔은 내게로 건너오지 못하겠지만, 그래서 나는 자주 무참할 테지만, 당신의 슬픔 곁으로 최선을 다해 가까이 가보는 것이다. 마치 울기 위해 태어난 사람처럼, 울어야 할 일도 참 많은 세상. 너의 슬픔과 나의 슬픔은 그렇게 서로 포개지며 겨우 견뎌지는 것이다.

가련하다: 같은 아픔에 이웃하는 마음

아이를 처음 품에 안았을 때 가슴 한구석에서 이상한 슬픔이 물컹물컹 배어 나왔다. 결혼 8년 만에 태어난 아이였다. 오랜 기다림이 무색하게도 환희보다는 비애가 스며들어 나는 조금 당혹스러웠다. 갓 태어난 아이는 있는 힘껏 울고 있었는데, 할 수만 있다면 나 역시 소리 내어 큰 소리로 울고 싶었다. 우는 아이를 꼭 껴안은 채 나는 이런 이야기를 들려주고 싶었던 것 같다. 그러니까 네 아빠가 먼저 살아본 삶은 도대체가 만만치가 않아서 사는 동안 울 일이 숱하게 많을 거란 이야기. 하지만 꼭 약속하겠다고. 네가 울어야 할 일이 생기면 이 아빠가 어김없이 같이 울어줄 거라고.

아이가 태어나기 2년 전쯤 됐을까. 지금은 고인이 된 허수경 시인을 출판 기념회 자리에서 만난 적이 있다. 멜랑콜리를 인간관계의 첫 단추로 설정한 신작 소설이었다. 사람이 사람을 처음 만날 때, 특히 그 관계가 사랑의 시작이라면 어째서 희망이 아니라 절망의 표정이겠느냐고 따지듯 물어봤다. 시인은 특유의 낮은 목소리로 이렇게 되물었다. "사랑을 시작할 때 상대를 바라보면 불쌍한 마음이 들지 않나요. 사랑의 시작이란 대개 연민이죠."

그러니까 아이를 처음 안아 든 순간, 그 알 듯 말 듯 했던 시인의 말을 2년 만에 겨우 이해한 셈이었다. 나는 인생이란 막막한 항해에 던져질 아이가 가엾고 불쌍하고 안쓰러웠다. 말하자면 아이와 나의 첫 만남에서 연민이 강하게 작동했고, 나는 저 연약한 아이를 기꺼이 사랑하겠노라 다짐했던 것이다. 나는 아이가 태어나 처음 겪는 아픔이 아팠다. 어떤 존재의 마음을 이해하는 일을 넘어 그 존재 자체를 아파하는 마음. 내 마음이 아프다고 말하

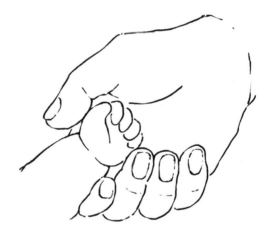

는 게 아니라, 나는 당신이 아프다고 말해야만 하는 깊은 연민의 고백. 아이가 자라면서 고열이라도 나는 날이면, 나는 수십 번 수백 번 같은 고백을 했다. 너를 사랑하는 나는 내가 아니라 네가 아픈 것이라고.

잘 알려진 대로 롤랑 바르트의 에세이 『사랑의 단상』에는 "나는 그 사람이 아프다"란 유명한 문장이 나온다. 내가 아이를 처음 품었을 때의 복잡한 연민의 마음이 저 문구에 정확히 담겨있다고 생각한다. 이 문장으로 문을 여는 챕터는 다시 이런 글귀로 이어진다. "연민 COMPASSION. 사랑의 대상이 사랑의 관계와는 무관한 이런저런 이유 때문에 불행하거나 위험에 처해 있다고 느끼거나 보거나 알 때, 사랑하는 사람은 그에 대해 격렬한 연민의 감정을 느낀다." 연민, 그러니까 가련하게 여기는 마음은 모든 사랑의 첫 단추인 셈이다. 어떤 연유에서건 그 단추를 누르게 되면, 나는 그 사람이 못 견디도록 아프고, 그 사람을 격렬히 사랑하게 된다.

아는 사람은 알겠지만, 바르트의 저 유명한 글귀는 우

리 대중음악 쪽에서도 재현된 적이 있다. 에피톤 프로젝
트라는 뮤지션이 같은 제목의 노래를 짓고 불렀다.

> 지금 생각해도 가슴 떨려 / … / 나 그대가 아프다 /
> 나 그 사람이 미안해 / 나, 나 그 사람이 아프다

물론 대부분의 대중가요가 그러하듯, 이 노래도 남녀
의 사랑을 노래하고 있다. 헤어진 연인이 마음 한구석에
오래 남아서, 그 사람의 고통이 내 것처럼 느껴진다는 고
백이 노래에 실렸다. 대중가요는 대체로 직설적이어서 인
간의 심연까지는 건드리지 못한다고 생각하는 편이지만,
문학에서 차용된 만큼 에피톤 프로젝트의 저 노랫말은
제법 문학적인 구석이 있다. 말하자면 이 노래엔 고통 감
수성을 이야기하는 문학의 목소리가 담겼다. 굳이 연인의
그것으로 한정하지 않아도 될 것이다. 타인의 고통을 내
것처럼 깊이 느끼는 사람이 고통 감수성이 뛰어난 사람
이고, '나 그 사람이 아프다'라는 대목이 그런 감수성을 함
축하고 있다.

내가 그 사람의 고통을 아파한다는 건 어떤 종류의 일인가. '타인의 고통'은 내 인식과 감정 바깥에 존재하는 것이어서, 실은 우리가 감각하고 인지할 수 있는 영역을 벗어난 것이다. 타인의 고통은 늘 타인의 고통일 뿐이다. 우리는 고통받는 타인에게 진심 어린 위로는 건넬 수 있을지언정, 그 사람과 동일한 무게의 고통을 겪는 일이란 애당초 불가능한 일인 것이다. 나는 그래서 '고통 감수성'이란 일종의 능력이 아니겠느냐 하는 생각을 해보곤 한다. 너무 잘 아픈 사람은 늘 어김없이 아프고, 너무 안 아픈 사람은 최선을 다해 아픔을 피해 간다. 말하자면 잘 아픈 사람은 고통의 능력이 탁월한 사람이다. 그런 사람은 온갖 차별에 시달리는 사회적 소수파들의 비명을 차마 외면하지 못하는 능력을 갖추고 있다.

바로 그런 사람이 쓴 책 하나를, 나는 아프게도 아낀다. 책 앞쪽에 보니 2011년 10월 17일에 저자의 서명을 받은 걸로 돼 있다. 그날 나는 몹시 설렜는데, 바로 그런 사람이 오래전부터 흠모했던 고교 선배였기 때문이었다.

문예 동아리에서 만난 그 선배는 내가 감히 쫓아갈 수

없는 미문(美文)을 가진 문사(文士)였는데, 훗날 대중과 평단이 모두 아끼는 문학평론가가 됐다. 그의 산문집 『느낌의 공동체』에 담긴 유별난 고통 감수성을 나는 각별히 새겼고, 그가 가리키는 대로 따라가며 시와 소설을 섭취했다. 그는 "더 많이 사랑하는 사람이 지는 게 사랑이지만, 더 많이 아파하는 사람이 이기는 게 시"라고 적었는데, 그 자신이 누구보다 더 많이 아파하는 사람이었으므로 늘 이기는 문장을 적어왔다.

그래서 나는 그의 '느낌의 공동체'를 '고통의 공동체'로 바꿔 읽어보기로 했다. 함께 아파하는 마음이 응집될수록 공동체도 단단해진다고 믿는다. 가련한 타인에게서 차라리 가련한 나를 발견할 수 있다면, 공동체는 그 말뜻 그대로 한 몸처럼 굳건해질 것이다. 그러고 보면 "네 이웃을 네 몸과 같이 사랑하라"는 예수의 가르침 역시 가련함의 연대, 그러니까 고통의 공동체를 강조한 말로 읽힌다. 아닌 게 아니라, '가련'이란 말의 한 축인 '련(憐)'은 불쌍히 여긴다는 뜻에 더해 이웃이란 뜻으로 '린'으로 읽히기도 한다. 그러므로 가련함이란, 당신의 고통에 기꺼이 다가서

려는 마음이 아닐까. 우리가 같은 고통에 이웃할 수 있다면, 우리 공동체는 가련함의 연대로서 거듭 단단해질 수 있을 것이다.

그러나 어떤 능력은 타고나기도 하지만, 대부분의 능력은 학습을 통해 향상된다. 그러니까 고통의 능력 역시 자신이 직접 경험하고 익힌, 딱 그만큼만 주어질 것이다. 인간은 자신이 알지 못하는 고통에 마음이 쉬 흔들리지 않는다. 지독한 고통을 자주 겪었거나, 그 고통을 겪는 사람 곁에 오래 머물렀던 사람이 응당 고통의 능력치도 높을 수밖에 없다. 그런 높은 고통의 능력치는 굳건한 공동체의 기본 여건일 텐데, 한 공동체의 정치인 집단을 유난히 돌아보지 않을 수 없는 것도 그런 이유에서다. 그들은 우리 공동체의 운영을 위탁받은 사람들이니까.

하지만 우리 정치판에서 고통 감수성이 충분한 정치인을 만나기란 쉽지 않은 일이다. 직업적인 이유로 정치인들과 자주 만나는 편이지만, 가련해라, 대개의 정치인은 같은 고통에 이웃하기는커녕 타인의 고통 따위에 심드렁한 사람들이다. 그들이 감히 '국민 행복'을 입에 올릴

때, 나는 화가 난다기보다 너무 고통스러워 심장이 욱신
거린다.

3

후회하다: 다시는 되찾을 수 없는 마음에 대하여

호젓하다: 가만히 내려앉는 생을 기억하며

참혹하다: 감히 가늠할 수 없는 비통함

무너지다: 마음의 건축학개론

벅차다: 까슬까슬한 성장통의 마음

비뚤다: 정치의 마음

꼿꼿하다: 저절로 굳어버린 마음에 대하여

아련하다: 일부러 흐려진 마음

가엽다: 울음을 참는 자의 표정

애끓다: 작별할 수 없는 슬픔

후회하다: 다시는 되찾을 수 없는 마음에 대하여

삶의 끝자락이 다가오면서 아버지는 수시로 입원하고 퇴원하길 되풀이했다. 타지에서 생활하는 아들은 그럴 때마다 큰 도움이 되질 못 했다. 언제나 그 모든 뒤처리는 엄마의 몫이었다. 당신도 몸이 성한 편이 못 되면서 휠체어를 씩씩하게 밀어가며 아버지를 병원으로 실어 날랐다. 엄마에게 늘 미안하면서도 생업을 어찌할 도리가 없어 매번 내려가 볼 수도 없는 노릇이었다. 엄마는 힘든 내색 한 번 내지 않고 "바쁜데 굳이 내려오진 마라"는 말만 되풀이할 뿐이었는데, 그 말을 핑계 삼아 차일피일 병원 찾는 일을 슬그머니 미루기도 했다.

아버지가 마지막으로 입원했을 때, 나는 병원 도착 시간을 일부러 늦추기도 했다. 고통스러워하는 아버지를 보는 일이 너무 끔찍해서 곧 닥칠 두려운 순간을 유예시키고 싶었던 것 같다. 동대구역에서 아버지가 입원한 동산병원까지는 지하철을 한 번만 갈아타면 됐지만, 나는 일부러 중간 즈음에 내려서 두 정거장을 걸어갔다. 자꾸만 아버지의 마지막 날이 다가오고 있단 생각에 초조했고, 어쩐지 병원에 도착하면 누군가 아버지의 마지막 선고를 통보하는 게 아닌가 싶었다.

가급적이면 그 시간을 늦추고 싶어서 나는 느릿느릿 걸었다. 돌이켜 보면 "굳이 내려오진 마라"는 엄마의 말을 핑계 삼아 병문안을 차일피일 미뤘던 것도 아버지에게 어른거리는 죽음의 그림자를 피하고픈 두려움 때문이었던 것 같다.

내가 느릿느릿 입원한 아버지를 찾아갔던 그날, 다행히 마지막을 알리는 선고는 없었다. 병원에선 며칠간 상태를 지켜봐야겠지만 어쨌든 퇴원은 가능할 거라고 했다. 한눈에 보기에도 아버지는 삶의 끝자락을 향해가고 있었지만,

나는 애써 모른 척하기로 했다. 병원에서 그러는데 이번만 잘 넘기면 앞으로 몇 년은 거뜬할 수도 있다고, 누구도 믿지 않을 거짓말까지 해가면서. 그렇게 나 역시 내 가장 소중한 아버지의 죽음과 맞서 싸우고 있었던 것이다.

그 비장하면서도 처절했던 싸움의 핵심엔 밥이 있었다. 대개의 평범한 사람들에게 밥은 일상의 한 부분일 뿐이지만, 죽음이 임박한 이에겐 생명의 다른 이름이었다. 밥을 먹지 못하면 죽는다는 것. 이 자명한 진실은 죽음이 임박해서야 제대로 된 얼굴을 드러낸다.

병원을 워낙 자주 들락거리다 보니 아버지는 싱겁기만 한 병원 밥을 못 견뎌 했다. 대신 병원 로비에 있는 편의점의 인스턴트 음식에 입맛이 당긴다는 것이었다. 그날 나는 아버지를 모시고 편의점에 가서 인스턴트 비빔밥과 컵라면, 삼각김밥으로 저녁을 먹었다. 그리고 그것은 내가 아버지에게 대접한 마지막 밥이 되고 말았다.

나는 후회한다. 하필이면 그 누추한 식단이 아버지와의 마지막 식사가 되고 말았을까. 병원 안에 있는 고급 한정식이라도 함께 할 것을. 아버지가 떠나고 난 뒤, 편의점

에 갈 때마다 나는 울컥 서러운 마음이 쏟아질 듯했다. 한 번은 아버지가 생전에 좋아했던 장어탕을 먹다가 눈물을 와락 쏟아내기도 했다. 밥은 생명인데, 나는 고작 편의점 음식으로 떠나는 아버지를 대접했단 말인가. 아버지가 좋아했던 장어탕이나 어탕으로 마지막을 함께 할 순 없었을까.

그런데 역설적이게도 그날 편의점 식사 자리에서 아버지는 그 어느 때보다 표정이 맑았다. 메뉴가 어떻든 멀리 있는 아들이 곁에서 함께 식사한다는 것만으로도 마음이 흐뭇했던 것이리라.

그날 병원 엘리베이터 앞에서 헤어지면서 "건강하게 다시 힘냅시다, 아버지"하고 짧은 포옹을 했다. 아무 말 없이 고개를 끄덕이는 아버지를 뒤로하고 돌아서는데, 아버지가 다시 나를 불러 세우는 것이었다. 아버지는 손을 흔들며 내게 잘 가라는 인사를 했고 나 역시 양손을 흔들며 작별 인사를 했다. 그리고 그 장면은 내가 생전의 아버지를 마지막으로 본 순간으로 남게 됐다.

나는 그로부터 한 달 뒤쯤 응급실에 의식을 잃은 채 누워있는 아버지와 마주 앉았다. 삶의 맨 끝자락에서 고통스러워하는 아버지를 보면서 나는 인스턴트 비빔밥과 컵라면, 삼각김밥을 떠올렸다. 아버지, 지금이라도 눈을 뜨시면 제가 꼭 장어탕 사 드릴게요. 아버지는 답이 없었고, 그렇게 저편 세상으로 건너갔다. 나는 후회하고 또 후회한다.

후회하는 마음은 다시는 되찾을 수 없는 것에 대한 애달픔이다. 이미 쏟아져 버려 수습할 수조차 없는 마음이 후회로 이어진다. 사사롭게는 실패한 쇼핑부터 고통스럽게는 사랑하는 이를 떠나보내는 영별의 순간까지. 우리는 후회에 후회를 잇대어 가며 삶을 꾸려간다. 지독한 후회는 끝내 참회를 부른다. 다시는 되찾을 수 없지만, 그 어쩔 도리 없는 사태를 부끄러워하는 것이 후회에서 참회로 이어지는 마음의 법칙이다.

이 유구한 마음 법칙을 나는 어떤 계간지에서 발견한 적이 있다. 계간 문예지라고 하면 이미 유물과도 같은 존재가 됐지만, 10여 년 전만 해도 문예지는 우리 문학판의 중요한 참고서였다. 그해 문학관의 한 사조가 '후회'나 '참회'였는지는 불분명하다. 하지만 나는 2012년 『시인세계』 여름호에서 짙은 후회와 깊은 참회의 기록을 읽었다.

그 기록은 지독했다. 김종해·오탁번·신달자·문정희·문인수 등 시인 12명이 쓴 「나의 아버지, 나의 어머니」라는 특집이었다. 고작 38쪽짜리 글을 읽으면서 비통한 마음에 여러 번 책장을 덮어야 했다. 하필이면 그즈음 아버지가 처음으로 암 진단을 받았던 탓에 나는 거의 눈물이 범벅인 채로 특집 글을 읽어 내려갔다. 생전 처음 부모님의 죽음을 떠올렸던 그때, 우리 시대 시인들이 들려준 통한의 노래는 내 마음을 무너뜨리기에 충분했다.

이를테면 신달자 시인은 병 든 아버지가 빨리 돌아가시게 해달라고 기도한 적이 있다고 했다. 그런데 정작 아버지가 돌아가시자 "아버지를 다른 세상으로 떠밀었다는 죄책감"에 시달렸고, 그 깊은 후회가 이런 시를 빚어냈다.

아버지를 땅에 묻었다 / 하늘이던 아버지가 땅이 되었다 // … // 신발을 신고 땅을 밟는 일 / 발톱 저리

게 황망하다

_신달자, 「아버지의 빛」 중에서

이 시를 처음 접했을 때는 어렴풋했던 것들이 이제는 제법 또렷하다. 나 역시 재가 된 아버지를 땅에 묻었다. 아버지가 땅이 되던 순간, 이상하게 반짝이던 햇살도 분명하게 기억난다. 아버지를 묻고 하산하는 길. 시인은 아버지를 밟고 있다는 생각이 들었던 모양이다. 그 사실이 발톱이 저릴 만큼 황망했다고, 그러니까 깊은 후회에 빠졌다고, 시인은 고백했다. 물론 남겨진 자식은 그 사실이 황망하겠지만, 아버지는 다를 것이다. 죽어서 땅이 된 아비는 죽어서도 자식의 길을 떠받칠 수 있으니 마음이 놓일 것이다. 내 아버지가 내게 마지막으로 손을 흔들 때의 마음이 바로 그러했으리라.

흙을 밟을 때마다 아버지를 밟는 것 같은 죄책감. 그것은 깊은 후회와 참회가 빚어낸 마음이다. 그런데 아마도 나는 또 후회할 것이다. 아버지가 떠나고 몇 달이 흐르자 이번엔 엄마의 건강이 조금씩 나빠지기 시작했다. 더 큰 병을 앓았던 아버지를 돌보느라 엄마는 제 육체가 망가지는지조차 몰랐던 것이다. 아버지를 땅에 묻고 넉 달쯤 지났을까. 이번엔 엄마가 병원에 입원했다. 급작스레 염증 수치가 올랐고 음식을 삼킬 수도 없는 지경이었다.

그래, 밥은 생명의 다른 이름. 그 자명한 진실이 불쑥 얼굴을 다시 내밀었고, 나는 덜컥 겁이 났다. 엄마가 좋아하는 음식이 뭐였더라. 편의점 음식만은 안 된다고 다짐하면서도 자꾸 같은 마음이 솟아나는 것이었다. 나는 후회할 것이다, 이번에도.

엄마가 입원했을 때 집을 오가며 몇 가지 필요한 것들을 옮겼다. 대부분 약이었는데, 엄마가 이렇게나 많은 약을 복용 중이었나 싶어서 나는 좀 놀랐다. 아버지의 큰 병에 가려져 엄마의 작은 병들은 안중에도 없었구나. 그렇게 후회하는 마음으로 빨래를 정리하다가 쓸쓸히 널려 있는 엄마의 분홍색 속옷을 봤다. 그리고 그 비통했던 계간지 특집에 실렸던 시 한 토막이 다시 떠올랐다.

어머니 빨래 내 손으로 하면서 / 칠순 어머니의 팬티

/ 분홍 꽃 팬티라는 걸 알았다 // … // 분홍 꽃 팬티
에 감추고 사는 / 어머니, 여자라는 사실 알았다
　　　　　　　_정일근, 「분홍 꽃 팬티」 중에서

　엄마는 그 이름만으로도 사무치지만, 자주 잊는 게 있
다. 엄마가 한 명의 여성이라는 사실. 분홍 꽃 팬티는 엄
마의 은밀한 꿈이다. 엄마도 한 명의 여자라는 선언문이
다. 이 사실만 똑똑히 알아도 자식들은 엄마의 마음을 한
결 깊이 이해할 수 있으리라.

　김종해 시인은 「사모곡」이란 시에서 '지상에서 만난 사
람 가운데 가장 아름다운 여인'의 이름이 어머니라고 노래
했지만, 나는 여태 그 사실을 모른 채 살았다. 이토록 엄연
한 진리는 왜 어미도 아비도 흙으로 돌아간 뒤에야 자식의
마음에 꽂히는 걸까. 나는 후회했고, 아마도 또 후회할 것
이다.

* 『아버지의 빛』 「아버지의 빛」, 신달자, 문학세계사, 2012
* 『기다린다는 것에 대하여』 「분홍 꽃 팬티」, 정일근, 문학과지성사, 2009

호젓하다: 가만히 내려앉는 생을 기억하며

태어난다. 만난다. 헤어진다. 죽는다. 영원히, 헤어진다. 사람의 일생을 요약하자면 그렇다. 이 다섯 서술어면 충분하다. 만남과 헤어짐을 되풀이하다 영원히 헤어지고 마는 것. 이 단순한 삶의 절차가 왜 그리 아픈 것일까. 이토록 서늘한 생의 법칙을 떠올릴 때마다 나는 호젓한 마음에 휩싸인다.

호젓함이란 외로움의 복수형이다. 상대를 상정하지 않고서도 우리는 종종 나 홀로 외로울 수 있지만, 오직 누군가를 가져본 사람만이 호젓함을 안다. 본디 하나였던 마음이 둘로 쪼개져서 홀로 남겨질 때, 우리는 호젓함의 기늪에 다다른다. 누군가 떠나버린 텅 빈 자리에서, 호젓함은 복수형의 외로움으로 내려앉아 마음을 더 크게 짓누른다. 만남과 이별을 되풀이하는 것이 생의 법칙이라면, 삶이란 결국 끝없이 이어지는 호젓함의 서사인지도 모르겠다.

호젓함의 정서를 떠올리면, 내 마음은 자연스레 심해에 가 닿는다. 저 먼 우주처럼 끝내 알 수도 가 볼 수도 없는 깊은 바다. 모르긴 몰라도 그곳에서도 무수한 만남과 이별이 집행되고 있을 터다. 생명이 태어나고 생명이 스러지는, 그래서 호젓함이 부유물처럼 둥둥 떠다니는 심해. 어느 시인의 표현을 훔친다면, 그런 심해엔 무시로 눈이 내리고 있다고 한다.

바다엔, 한 생애를 / 지느러미에 맡기고 살던 것들이 / 수평선 너머로 가고 싶은 마음인 채로 죽어 / 아래로 아래로 가라앉는다 하는데 / 흩어진 사체가 고운 눈처럼 내린다고 하는데

_이수정, 「심해에 내리는 눈」 중에서

물고기들은 생의 끝자락에서 자신의 사체를 가만히 가라앉힌다. 그래서 심해엔 계절을 막론하고 눈이 내린다는 것. 수평선 너머로 가고 싶은 꿈을 이루지 못한 물고기들이 봄, 여름, 가을, 겨울 할 것 없이 제 생을 마감하는 중이다. 시인은 그것을 '고운 눈'이 내리는 광경으로 그려냈다. 눈이 포슬포슬 내리는 호젓한 마을처럼 심해에선 만남과 이별이 무시로 집행되는 중이다. 비록 이루진 못했지만, 저 물고기들도 한평생 수평선 너머로 꿈을 꾸었으리라. 꿈을 향해 부단히 헤엄쳤으므로 그 생이 내리는 풍광은 호젓하되, 일견 아름답기도 할 것이다.

심해에 눈이 내리는 풍경을 그려보는 일은, 그래서 호젓했던 여러 추억들을 소환한다. 이를테면 생애 처음으로 입관을 목격했던 2011년의 겨울. 한순간 생이 꺼져버린 할아버지가 관에 누워있는 모습을 바라보며 도무지 해명할 수 없는 슬픔에 휩싸였던 순간. 나는 이별의 최상급인 죽음이 남겨진 사람들에게 어떤 상처로 남는지 어렴풋하게 알게 됐다. 그리고 그 몇 달 뒤 집어 든 책이 하필이면 김서령의 『어디로 갈까요』였다.

삶이 겪는 온갖 이별을 담고 있는 소설집. 단편 아홉 편에 이별의 다채로운 얼굴을 실었는데, 누군가는 떠나고 누군가는 남겨지는 이야기가 인간의 생로병사를 압축한 듯 가슴이 아렸다. 소설 속 인물들은 하나같이 만남과 이별을 되풀이하며 삶을 견디고 있었다. 바람난 무능한 남편이(「내가 사랑한 그녀들」), 실종된 신문사 입사 동기가(「오프더레코드」), 췌장암으로 숨진 남편이(「산책」) 모질게도 떠나버리고, 남겨진 이들은 극단의 호젓함에 짓눌린다. 살면서 이별을 견뎌야만 하는 호젓함의 단계가 찾아들 때마다, 나는 비슷한 처지에 있는 김서령의 인물들을 떠올리곤 했다.

할아버지가 내 곁을 떠난 뒤에도 나는 숱한 이별을 경험했다. 마치 김서령의 인물들처럼 생각지도 못했던 순간에 친구가 선배가 친지가 이편 세상을 떠나버렸다. 그럴 때마다 나는 참기 힘든 호젓함을 견뎌야 했는데, 어떤 이별은 도무지 사적인 영역에서 해소되지 않는 전혀 다른 차원의 호젓함을 쑤셔 박기도 했다.

말하자면 내겐 '정치인 노회찬'의 죽음이 그랬는데, 사적 기억과 공적 경험이 교차하는 지점에서 그가 떠나버렸기 때문이다. 나는 그가 생을 마감하기 몇 달 전에 꽤 오랜 시간 그를 인터뷰했는데, 그의 죽음을 알리는 기사 역시 내 손으로 써야 했다. 그 생의 종결에 대해 이런저런 정치적인 논란이 있음을, 나는 잘 알고 있다. 하지만 그런 논란을 잠시 미룬 채로 그가 품었던 꿈의 한 토막을 떠올리면, 정치인 노회찬이 공적 영역에 남긴 호젓함을 조금 해명할 수도 있을 듯싶다.

그가 생전에 남긴 연설에 6411번 시내버스 이야기가 나온다. 서울 구로구 거리공원에서 출발해 강남 개포동 주공 1단지까지 2시간 정도 걸리는 노선버스다. 새벽 4시경 하루를 시작하는 그 버스엔 강남의 큰 빌딩에서 청소 일을 하는 아주머니들로 북적인다고 한다. 그들이 새벽 5시 30분부터 일몰 때까지 청소를 하고 받는 돈은 한 달에 85만 원 남짓. 그러나 그저 '청소 아줌마'로 불리는 그 미화원들의 노고를 기억하는 사람은 거의 없다. 노회찬의 표현대로라면, 그들은 우리 사회의 '투명 인간'이다. 그는 가난하고 소외된 '투명 인간'들을 위한 정치를 꿈꿨으나, 끝내 그 꿈을 다 이루지 못한 채 좌절하고 말았다.

하지만 그 꿈은 여전히 유효하다. 그는 수평선 너머를 꿈꾸다 좌절한 물고기처럼 가라앉고 말았지만, 누군가는 그 꿈을 이어갈 거라고, 나는 믿는다. 저 멀리 심해엔 지금 이 순간에도 '한 생애를 지느러미에 맡기고 살던 것'들이 고운 눈처럼 내리고 있을 것이다. 그리고 때때로 깊은 바다에선, 물고기 사체가 가라앉은 자리에 미끈한 해초들이 꽃처럼 피어난다고 한다. 호젓하되 아름답게 심해에 피어나는 꽃 한 송이. 그렇게 가만히 내려앉은 어떤 생을 추모하고 있자면, 어느새 나는 또 다른 호젓함의 기슭에 다다른다.

*『나는 네 번 태어난 기억이 있다』「심해에 내리는 눈」, 이수정, 문학동네, 2018

참혹하다: 감히 가늠할 수 없는 비통함

신촌에서 대학을 다녔다. 1990년대 중반 무렵, 신촌의 핫플레이스를 떠올리면 서점 몇 군데가 떠오른다. 여전히 삐삐로 소통하던 그 시절. 약속 장소의 대명사 같은 곳이 홍익문고였다. 삐삐-. 무선 호출음이 들리고 음성사서함을 열어보면 "홍익문고 앞에서 O시에 만나자"는 누군가의 목소리가 담겨있을 때가 많았다. 신촌역 3번 출구로 올라오면 오른편에 보이던 파란색 간판. 그것은 들뜬 청춘들에게 무언가 설레는 일이 있을 거라고 알려주는 표지판이었다. 친구가 약속 시간에 늦기라도 하면, 1층에 있던 문학 신간 코너에서 시간을 흘려보내기도 했는데, 그렇게 새로 만나게 된 작가들도 적잖았다. 30년 가까이 지나도록 '홍익문고'라는 네 글자는 내게 낯선 설렘을 불러일으킨다.

　홍익문고가 좀 더 보편적인 맥락에서 청춘의 공간이었다면, '서강인'은 매우 협소한 의미에서 내 사적 공간이었다. 서강인은 서강대학교 앞 사회과학 서점이었다. 공간도 협소해서 제대로 된 저작이 아니라면 서가에 꽂히기도 힘든 곳. 강의 시간이 빌 때면, 나는 서강인을 서성대며 내가 잘 모르는 지성들을 탐독해 보곤 했다. 서강인이 사적으로 더 특별했던 것은 그 앞에 항상 붙어있던 커다란 메모지였다. 각양각색 볼펜으로 적혀있던 수많은 모임들. '96학번 ◇◇과 ○○호프로 7시까지!' 이렇게 아무렇게나 적어놔도 그 시간이 되면 선배나 동기, 후배들이 호프에 모여 있었다. 서강인은 사적 인연을 이어주는 마법 같은 공간이었을 뿐만 아니라, 그곳을 찾을 때마다 내 영세한 지성엔 작은 전구들이 하나씩 불을 밝혔다.

　갓 신입생이던 시절, 나는 교내 영화 동아리의 일원이

었다. 그 동아리는 지금은 거장이 된 영화감독 두어 명이 거쳐 갔을 정도로 자존감이 높은 곳이었는데, 영화 이론 학습량에서 뒤처지면 동아리에서 제명될 수도 있다고 했다. 그 시절엔 영화를 공부할 때 정신분석학의 이론을 끌어오는 게 유행이었다. 홍익문고든 서강인이든 내가 신촌 언저리의 여러 서점을 자주 찾았던 이유 중 하나도 그 복잡한 이론서를 어디서부터 읽어야 할지 막막해서였다.

그날은 특이하게도 '서강인'에서 이런저런 영화 이론서를 뒤적이는데, '홍익문고' 앞에서 만나자는 고교 동창의 삐삐를 받았다. 약속 시간이 좀 어정쩡해서 서강인에서 책을 좀 뒤적이던 나는 이름은 들어봤지만 무슨 내용인지는 불분명했고, 실은 너무 난해해서 도저히 엄두가 나지 않았던 어떤 저작을 집어 들었다. 지크문트 프로이트의 『꿈의 해석』. 나는 앞으로 무슨 일이 일어날지 상상도 못 한 채 그 책을 구입해서 서점 밖을 나섰다.

"꿈은 소원의 성취다." 프로이트의 이 선언은 매혹적이었지만, 그 후로 몇 달간 『꿈의 해석』을 아무리 들여다봐도 그의 이론에 온전히 내 지성을 의탁할 의사는 생기지 않았다. 영세한 내 문해력을 탓해보기도 했지만, 꼭 그 때 문만은 아닌 듯했다. 그가 최초로 발굴한 인간의 무의식은 탐험해 볼 만한 미지의 영역임에 틀림없었다. 하지만 프로이트의 주장대로 그곳이 인간이라는 퍼즐의 마지막 조각일 순 없어 보였다. 복잡한 인간 심리를 무의식의 거울로만 비춰볼 순 없는 노릇이다. 대학 시절에 영화를 고리로 인문학을 공부하면서도, 나는 대체로 프로이트를 의심하는 축에 속했다.

그러나 프로이트가 해석을 시도했던 다양한 꿈의 이야기는 제법 흥미로운 기억으로 남았다. 그중에 가장 강렬했던 것은 죽은 아이 곁에서 잠든 아버지의 꿈이다. 아이는 큰 병을 앓다가 끝내 숨을 거뒀다. 아버지는 아이의 시신 둘레에 촛불을 켜둔 채 옆방으로 건너가 깜빡 잠이 든다. 마침 아버지의 꿈에 죽은 아이가 나타났다. 꿈 속 아이는 다급하다. 넘어진 촛불이 자신에게로 옮겨 붙는 중이다. "아빠, 안 보이세요? 내가 불에 타고 있다고요." 아버지가 황급히 깨어나 달려가 봤지만, 아이의 시신을 감싼 수의(壽衣)엔 이미 불이 번지고 있었다.

이 애잔한 꿈의 이야기를 떠올릴 때마다 지워지지 않는 질문은 이것이다. 수의에 불이 붙어 내 아이의 시신마저 탈지도 모르는 위태로운 순간. 아이를 저편 세상으로 떠나보낸 아버지가 세상모르고 꿈을 꾸고 있다는 것은 도대체 가능한 일일까. 프로이트는 이 기막힌 상황 역시 무의식의 틀로 분석한다. 꿈은 소원의 성취이므로, 아버지는 꿈에서 가장 간절한 소원을 이룬 것이라고. 그러니까 꿈에서 다시 만난 아이와 오래도록 함께 있고 싶다는 소원이 아버지의 무의식으로 하여금 꿈을 꾸도록 추동한 것이라고. 나는 프로이트의 이런 단언이 좀 불편하지만, 어떤 끔찍한 사건들을 마주칠 때마다 그의 확신에 찬 언사를 덮어놓고 믿고 싶어지기도 한다.

아닌 게 아니라 이 먹먹한 꿈 이야기는 이 땅에서 영문도 모른 채 사라져 버린 젊은 넋들을 소환한다. 멀리는 세월호의 아이들부터 가까이는 이태원의 청춘들까지. 그 가운데는 '김용균'이란 이름 석 자도 있었다. 겨우 스물넷. 비정규직 노동자로 살다 끔찍한 사고로 목숨을 잃은 청년. 태안화력발전소에서 일하던 김용균 씨가 컨베이어벨

트에 끼어 숨진 것은 2018년 12월이었다. 이 청년의 참혹한 죽음이 비정규직 노동자의 고통스런 삶을 환기시켰고, 마침내 국회는 이 청년의 이름을 딴 '김용균법'을 통과시켜 산업안전을 강화하는 조치를 내놓기도 했다.

이 기막힌 사고가 우리 사회의 안전 지수를 조금이라도 높일 수 있었던 것은, 스물 넷 젊은 아들을 잃은 김용균 씨의 부모 덕분이다. 용균 씨의 부모는 제 아들을 잃은 슬픔을 수습할 겨를조차 없이 '김용균법' 통과를 위해 국회로 방송사로 분주히 뛰어다녔다. 아마도 깊은 슬픔에 잠겨있었을 부모는, 그러나 몹시 또렷한 목소리로 '김용균법' 통과를 외치고 또 외쳤다. 진통 끝에 마침내 법은 통과됐지만, 여러 면에서 원안에서 후퇴한 법안이었다. 과도한 규제라고 반발한 기업의 요구가 어느 정도 먹혀든 것이다. 절반의 성공에 그쳤단 평가 속에 겨우 법이 통과되던 날, 용균 씨의 어머니는 울먹이며 이렇게 말했다. "그래도 감사합니다. 먼저 간 아들에게 너무나 미안하지만 다시 만날 때 조금이라도 덜 부끄러울 것 같습니다."

법이 통과된 것이 얼마간의 안도감을 선사했을 것이

다. 그러나 아이 잃은 부모의 형벌 같은 상실감은 결단코 사라지지 않는다. 어쩌면 용균 씨는 자주 부모의 꿈에 나타날지도 모르겠다. "엄마, 아빠, 안 보이세요? 내 몸이 컨베이어 벨트에 끼었다고요." 아마도 부모는 그 고통스런 꿈에서 오래도록 깨지 않고 싶으리라. 먼저 떠나간 내 아이를 꿈에서라도 오래 만날 수 있을 테니까.

부모가 아이를 먼저 떠나보내는 일을 참척(慘慽)이라고 부른다. 감히 가늠할 수 없는 참혹한 근심이란 뜻이다. 근심만으로도 버거운데, 참혹한 근심이라니. 참혹함이란 모든 비통한 마음의 최상급이다. 참혹함이 나를 덮치면, 마음만 비틀대는 게 아니라 그 마음이 내 육신마저 비튼다. 비통하고 끔찍하게 근심하는 마음. 그것이 자식을 잃은 부모의 마음이다. 아니다. 그것은 참척이란 알량한 한자어에 차마 담길 수 없는 마음일 것이다. 세상에는 언어가 감당할 수 없는 마음도 있는 것이다. 세상 모든 언어의 가장 비통한 말들을 다 늘어놓는다고 해도 자식을 먼저 저편 세상으로 떠나보낸 부모의 마음을 서술할 순 없을 것이다.

용균 씨가 저편 세상으로 떠나고 1년여 지난 2020년 1월에 '김용균법'은 시행됐다. 그러나 세상사가 늘 그러하듯, 저마다의 삶에 쫓기는 우리는 조금씩 '김용균'이란 이름 석 자를 잊어왔다. 그러는 사이 사고에 책임 있는 당사자들은 무죄를 받거나 감형됐고, 더 이상 언론에도 김용균이란 이름이 잘 올라오지 않는다. 이런 와중에 국회에선 김용균법에 이어 시행된 중대재해처벌법을 다시 손보겠다는 이야기가 나오기 시작했다. 용균 씨처럼 생때 같은 아이가 참혹한 사고를 당해도 그 책임자에 대한 처벌 수위는 지금보다 더 가벼워질 수 있단 얘기다. "꿈은 소원의 성취"라는 프로이트의 단언은 이들에게도 적용돼야 마땅한가. 그들의 꿈은 참척의 고통을 겪는 부모의 마음을 더 잔혹하게 난도질하는 것인가. 나는 참혹하다.

우리 사회가 참척의 고통을 처리하는 방식은 늘 그래 왔다. 세월호의 아이들도 이태원의 청춘들도 그렇게 쉽게 잊혀졌고, 그 부모들의 감히 가늠할 수 없는 비통함은 덜어낼 길이 보이지 않는다. "아빠, 안 보이세요? 내가 탄 배가 바다에 가라앉고 있다고요." "엄마, 안 보이세요? 내 몸

218

이 컨베이어 벨트에 끼어 있다고요." "엄마, 아빠, 안 보이세요? 내 몸이 다른 사람들에 짓눌리고 있다고요." 영문도 모른 채 떠나버린 아이들은 오늘 밤도 제 부모의 꿈에 나타나 저렇게 외치고, 비통한 부모들은 그런 아이들이라도 만나보고 싶어 꿈에서 깨어나지 않으려 발버둥 치고 있을지도 모른다. 이보다 참혹한 꿈을, 나는 알지 못한다.

무너지다: 마음의 건축학개론

마음에 관여하는 우리말을 떠올리다 보면, 마음을 공학적 관점에서 바라보려는 집단 무의식이 있는 게 아닌가 싶을 때가 있다. 우리 언어공동체에서 마음은 짓는 것이고(作心) 단단하게 하는 것이면서(決心), 한순간에 무너져 내리는 것(喪心)이기도 하다. 이 절차를 마음의 건축학개론이라고 부를 수도 있을 것이다.

이 개론에 따르자면, 마음은 정확한 공정에 따라 건축되는 집을 닮았다. 건축가가 자신이 짓는 집과의 관계 설정에 따라 설계도를 그리듯, 우리의 마음도 상대와의 관계가 진전됨에 따라 차근차근 그 골격이 드러나는 법이다.

예컨대 사랑이라는 마음의 공정을 떠올려 보자. 사랑하기로 작심하면 제 마음이란 토지 위에 다른 한 사람을 새롭게 짓기 시작한다. 관계가 깊어질수록 이 마음은 단단해져서 사랑이란 견고한 건축물 하나가 완성된다. 하지만 어느 순간 한쪽에서 돌이킬 수 없는 균열이 일어나고 그것을 제때 메우지 못하면, 사랑이란 마음의 건축물은 한순간에 붕괴되고 만다.

관계라는 관점에서 보자면, 우리는 일평생 마음을 짓고 허무는 일을 반복하며 살아갈 수밖에 없다. 그것이 사랑이든 우정이든 동료애이든 한때 견고했던 마음은 언제고 무너지고 만다. 하지만 이런 종류의 마음이라면 언제든 재건축도 가능한 것들이다. 사랑은 좌표만 달라질 뿐 언제라도 다른 상대를 내 마음 위에 지을 수 있고, 우정이나 동료애 역시 노력 여하에 따라 얼마든지 무너진 마음을 다시 세울 수 있다.

그러나 그 어떤 수를 쓰더라도 재건축이 불가능한 마음도 있다. 죽음이란 사건을 마주하는 마음. 사랑하는 이를 영원히 떠나보내야 하는 마음. 그 절망의 순간에 무너져 버린 마음은 인간의 노력으로는 다시 복원하는 것이 불가능하다. 죽음 앞에서 마음이 무너진다는 것은 그런 것이다. 영영 떠나버린 그 사람은 견고했던 내 마음에 온갖 잔해와 폐허만 남긴다. 깊은 상심(喪心). 사랑하는 이의 죽음 앞에선 내 마음도 함께 장사 지낸다.

 죽음을 물리적 실체로 처음 마주했을 때, 나는 그 돌이킬 수 없는 절망감을 어렴풋하게나마 체험할 수 있었다. 사회부 수습기자 시절, 한 유력 기업인이 한강에 뛰어들어 스스로 목숨을 버렸다. 이 사건은 연일 뉴스 지면을 오르내렸고, 나는 사건 현장을 지키며 취재를 이어갔다. 사나흘쯤 지났을까. 한강에 투신했던 그의 시신이 수면 위로 떠올랐다. 나는 시신이 떠오르는 장면을 유심히 지켜보고 있었는데, 그 아찔했던 공포감을 쉽게 잊지 못한다. 물속을 며칠간 떠돌았던 시신은 형체를 알아보기 힘들 정도로 부패해 있었다. 직설적으로 말하자면 사람의 얼굴이라고 할 수 없을 정도로 흉측한 모습이었는데, 현장에서 시신 인양을 지켜보던 가족들은 "아빠" "여보" 하며 오열을 쏟아냈다. 가까이 가기 꺼려질 만큼 부패한 모습이

었지만, 가족들은 거리낌 없이 시신 구석구석을 만져보며
큰 소리로 울먹였다. 마음이 붕괴돼 버린 현장. 나는 처음
으로, 죽음은 남겨진 이들의 마음을 짓밟고 끝내 무너뜨
린다는 것을 알게 됐다.

그 후로도 몇 년간 사회부 기자로 일하면서 유난히 많
은 죽음을 목격했다. 자살부터 살인 현장까지, 대체로 죽
음은 참혹한 이미지로 남아있다. 말할 것도 없이 가장 압
도적인 사건은 세월호 참사다. 사고가 발생하고 1주일쯤
지났을 때, 팽목항 풍경을 옮기는 기사를 쓴 적이 있다.
한 대목을 그대로 옮긴다.

신원확인소 출입구는 얇은 천으로 가려져 있었다. 흰
색 천 너머에는 수학여행을 떠났다가 시신으로 돌아
온 아이들이 누워 있었다. 제 자식의 시신을 확인하려
는 부모들이 천을 밀고 들어갔다. 죽음의 문턱을 넘어
서는 듯 비통한 표정이었다.
신원확인소 안에서 부모들은 자식의 시신을 끌어안
고 쩔쩔맸다. 밖으로 한 아빠의 울부짖는 소리가 들렸

다. "손이 왜 이렇게 찬 거야. 아빠 왔잖아. 응? 제발 대
답 좀 해줘…."

_중앙일보, 2014년 4월 24일

기사를 쓰면서 몇 번이나 눈물을 훔쳤지만, 실은 저 아
비의 무너져 버린 마음을 이해할 도리가 내겐 없었다. 제
대로 된 작별 인사조차 못 한 채 아들을 떠나버린 아버지
는 도대체 어떻게 살아갈 작심을 할 수 있을까. 저 아비의
무너져 버린 마음은 도무지 다시 지어질 수 없는 폐허에
지나지 않을 것이다.

마음이 무너지는 어떤 형상은 그렇게 내게 죽음의 이
미지로 강렬하게 남겨졌다. 그리고 한동안 죽음이라는 단
호한 단절을 두려워하며 삶을 조심하며 지냈다. 그 무렵
『아침에는 죽음을 생각하는 것이 좋다』는 발칙한 제목의
책을 마주쳤다. 저자가 내게 시비를 거는 것인가 싶을 정
도로 큰 반발심이 일었다. 죽음을 떠올리는 것만으로도
두렵고 끔찍한데, 눈을 뜨자마자 죽음부터 생각하라니.
게다가 그때만 해도 내 아버지가 암과 치열하게 싸우던

시기였다. 그러니까 아침마다 죽음을 생각하는 일은 내 아버지의 암울한 운명을 당겨서 떠올리는 것이었다.

하지만 이 책의 저자는 '죽음을 두려워하지 않을 때, 우리는 비로소 죽음을 직면하고 죽음에 대해 생각할 수 있게 될 것'이라고 단언하고 있었다. 죽음에 대해 생각하면 할수록 오히려 삶이 견고해질 것이라고.

미리 말해두자면, 저 책의 저자인 김영민 교수는 내가 가장 아끼는 작가 중 하나다. 유쾌한 문체로 삶의 허무와 우울을 뚫고 가는 그의 작법을 훔치고 싶을 정도로 탐독하는 편이다. 저자의 문체에 매료된 나는, 그래서 죽음을 직면하면 죽음의 공포에서 벗어날 수 있다는 그의 주장에도 기꺼이 이끌렸다. 죽음을 직면하고 자주 생각할수록 오히려 그 이면의 삶이 더 소중해진다는 역설에 대해서도.

하지만 암 투병 중이던 내 아버지가 죽음으로 기울면 기울수록 나는 저 책의 주장을 한껏 배척하고 싶어졌다. 아버지에게 예고된 죽음은 삶의 이면이 아니라 삶의 종결이었고, 내가 취재 현장에서 체험했듯 살아남은 자의 마음을 최종적으로 붕괴시키는 것이었다.

우리는 살아가면서 무수한 관계를 맺는다. 꼭 생물학적 사망이 아니더라도 죽음은 그 모든 관계의 종결을 의미하는 하나의 은유이기도 하다. 우리는 누군가와 만나서 누군가와 헤어지며 살아간다. 만남과 헤어짐 사이에 삶의 모든 절차가 담겨있다. 그 관계의 생성과 소멸 과정에서 마음은 지어졌다 무너지길 반복한다.

관계라는 관점에서 죽음을 바라볼 때, 그나마 위안이 되는 가설이 있긴 하다. 나는 그 가설을 히라노 게이치로의 철학 에세이 『나란 무엇인가』에서 발견했다. '진정한 나는 존재하는가'라는 질문을 던지고 그에 대해 답해 가면서, 이 일본 소설가는 결론짓는다. 진정한 나 같은 건 없다고. '나'는 더 이상 나눌 수 없는 개인(In-dividual)이 아니며, 나눌 수 있는 여러 개의 나, 그러니까 분인(Dividual)의 형태로 인간은 존재하는 것이라고. 말하자면 내가 맺는 관계의 수만큼 분인은 존재한다는 가설이다.

내 경우를 예로 들자면 가정에서 아빠로서의 분인과 남편으로서의 분인이 있다면, 직장에서는 직책 부장으로서의 분인과 취재 기자로서의 분인이 있다는 것. 고등학교 동창에게 맺어진 나의 분인과 대학교 동창에게 맺어진 나의 분인 역시 나눠질 수 있는 별개의 존재라는 것.

이렇게 나라는 존재를 분인의 개념으로 새롭게 정립하고 보면, 죽음 역시 다른 시각에서 바라볼 수 있게 된다. 히라노 게이치로는 말한다. "사랑하는 사람의 존재가 사라지는 것은 물론 슬픈 일이다. 게다가 이제 더 이상 사랑하는 사람과의 사이에서 생긴 분인으로 살아갈 수 없으니 슬프다." 그러니까 사랑하는 사람이 죽는다는 것은 그 사람과 맺고 있던 나의 분인도 함께 죽는 일이다. 사랑하는 이의 장례식은 내 분인의 장례식이기도 한 것이다.

그러니 한 사람이 죽는다는 것은 얼마나 어마어마한 일인가. 그 사람이 생전에 맺고 있던 무수한 관계들, 셀 수 없이 무한히 뻗어나갔던 분인끼리의 연결이 한 순간에 무너지는 일이니까. 심리학 쪽에선 애도하는 행위를 통해 사랑하는 사람의 죽음을 받아들이게 된다고 설명한다. 히라노 게이치로는 그것을 "고인과 나 사이에 만들어진 분인의 활발한 기능을 서서히 멈춰가는 과정"이라고 바꿔 말한다.

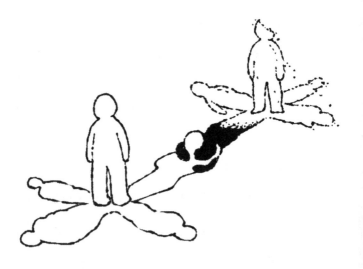

나는 고개를 끄덕이며, 아직도 아버지의 아들로서의 분인 기능을 멈추지 못한 나를 떠올린다. 아버지가 떠나던 순간, 아들로서의 분인도 함께 죽었지만 나는 그 사실을 아직 충분히 받아들이지 못하고 있는 것 같다. 문득 예기치 못한 순간에 아버지가 떠올라 덩달아 사망했던 내 분인이 슬그머니 고개를 내민다. 그럴 때마다 나는 슬픔을 억누를 길이 없지만, 히라노 게이치로의 다음과 같은 말은 확실히 위로가 된다. "분인에 착안한다면, 한 인간이 죽더라도 그 주변의 인간들 속에 생겨난 그 사람용 분인은 당분간 살아남는다."

아버지를 떠올릴 때마다 살아생전 아버지와 소통하며 형성됐던 내 분인은 잠시나마 살아난다는 것. 그러니까 그 분인을 통해 내 아버지도 당분간 살아남을 수 있다는 것. 할 수만 있다면 지치지 말고 아버지를 추억해야 하는 이유도 그 때문이다. 분인의 세계에서라면, 사랑하는 이가 죽음에 도달해 내 마음이 무너진다 하더라도, 그 사람과 맺은 분인을 통해 내 마음을 다시 짓는 것도 가능할 테니까. 저 말들 덕분에 나는 마음의 건축학개론이 지닌 치명적 오류를 수정할 수 있게 됐다. 삶을 분인들의 세계로 바라본다면, 죽음 앞에서도 마음은 무너지지 않을 수 있다. 이 가설을 굳게 믿으며, 나는 아침마다 죽음을 생각해 보기로 한다.

벅차다: 까슬까슬한 성장통의 마음

내가 다녔던 대학은 신입생에게 의무적으로 독후감을 쓰게 했다. 전공과 무관하게 모든 1학년생은 격주로 독후감을 제출했다. 조건도 까다로웠는데, 200자 원고지에 육필로 글을 쓰고 한자어는 한자로 반드시 바꿔 적어야 했다. 독후감 제출 마감 날에는 원고지 뭉치를 들고 뛰어다니는 신입생들이 캠퍼스에 즐비했다. 독후감 조교들은 엄격해서 마감 시간을 넘긴 글은 절대 받아주지 않았고, 제출된 독후감에 대해선 일일이 빨간 줄을 그어가며 냉혹한 평가를 내렸다. 인문대 게시판엔 신입생들 이름 옆에 '통과' '불합격' 등이 적힌 독후감 평가표가 붙었는데, 불합격 판정을 받으면 똑같은 책을 다시 읽고 또 한 번 독후감을 내야 했다.

신입생들은 저 가혹한 '글쓰기 교육'에 대체로 반감을 가졌고, 혹독한 독후감 제도는 내가 졸업한 그 대학이 '고등학교'란 별칭으로 불린 이유이기도 했다. 나는 대학 본부가 정해놓은 도서를 등 떠밀리듯 읽어야 하는 상황이 못마땅하긴 했지만, 다행히 조교로부터 불합격 통보를 받은 적 없이 무난하게 '과업'을 완수했던 편이다.

그런데 딱 한 번 조교가 내게 면담을 요구한 적이 있는데, 그 사유가 특이했다. 내가 제출한 독후감엔 통과도 불합격도 아닌, '표절 의심'이라고 적혀있었다. 표절이라니? 학술 논문도 아니고 고작 독후감에? 황당한 상황에 조금 화가 치밀었던 나는 굳은 표정으로 조교 앞에 앉았다.

"학생, 표절했죠?"
"무슨 말씀이신지… 제가 쓴 글인데요."
독후감을 쓴 책은 염상섭 작가의 단편 「전화」였다. 복잡할 것도 없는 소설인 데다, 전문적인 평론의 대상도 잘

되지 않는 작품. 영문을 알 수 없는 추궁에 말문이 막혀 침묵했더니 또 한 번 고성이 들려왔다.

"아니, 표절했잖아요!"

나중에 들어보니 조교는 몇몇 문장이 신입생의 것으로 보이지 않는다는 이유로 무려 '표절 의혹'이란 딱지를 붙였다고 했다. 아마도 당시 『키노』 같은 현란한 영화 잡지를 탐독하던 내가 문장에 과하게 멋을 부린 탓이었던 모양이었다. 조교의 다그침은 계속됐고 억울함을 항변하는 내 목소리도 덩달아 커졌다. 조교는 내가 생각하는 이 작품의 의미에 대해 구술로 다시 풀어보라고 주문했다. 치솟는 화를 눌러가며 독후감에 적었던 내 생각을 말로 풀기 시작했다. 잠자코 듣던 조교가 끝내 조금 신경질적인 목소리로 한마디 했다.

"학생, 내가 입증은 못하겠지만 표절이 의심된다는 내 생각은 그대로예요. 그런데 학생이 작품을 읽어내는 눈이 좀 낯설긴 하네. 가 봐요."

비난인지 칭찬인지 모를 말을 껴안고 조교실을 나서면서 나는 뜻밖의 말에 마음이 꽂혔다. 낯선 눈. 그러니까 같은 대상을 낯설게 바라보기. 그것은 내가 대학에서 꼭 해

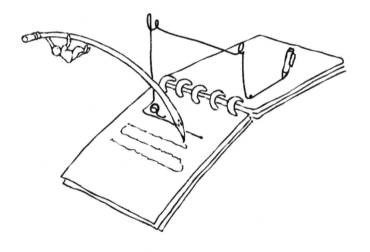

결하고 싶은 과제였는데, 어설프게라도 낯선 눈을 가졌단 말을 들으니 어쩐지 벅찬 마음이 피어오르는 것이었다.

하지만 이상하게도 마냥 좋은 기분은 아니었다. 그것은 기쁘면서도 무겁게 가라앉는 역설적인 마음이었다. 숙제 검사에서 '참 잘했어요' 도장을 받았는데, 곧바로 예정에 없던 시험지를 받아 든 느낌이랄까. 그날의 표절 의심 사태는 그렇게 해명하기 힘든 벅찬 마음으로 남았다.

생각해 보면 그날의 벅찬 마음은 성장의 징표였는지도 모르겠다. 생의 한 계단을 올라서고 다음 계단으로 발을 내디딜 때의 가볍고도 초조한 발걸음. 벅차다는 것은 어떤 감정이 한껏 부풀어 올랐단 신호일 텐데, 벅찬 마음엔 풍선이 부풀 때처럼 아슬아슬한 긴장감도 있다는 것. 그날 이후 대학을 졸업하고, 취업, 결혼, 출산에 이르기까지 생의 매 단계마다 나는 저 역설적인 벅찬 마음에 휩싸이곤 했다. 신입생 시절 독후감 조교가 무심히 일러준 '낯선 눈'처럼 어떤 새로운 깨달음으로 내 일상이 조금 흔들리는 순간, 나는 벅차게, 벅찬 성장을 경험했다.

하지만 그렇게 조금씩이라도 나를 자라게 하는 일은 아무래도 자주 찾아오는 경험은 아니었다. 경쟁이 일상인 한국 사회에서 낯선 눈을 돌려가며 벅찬 성장을 경험하기란 쉬운 일만은 아니다. 특히 직장을 가진 뒤로는 쳇바퀴처럼 돌아가는 일상의 굴레에서 벗어나는 게 여간 어렵지 않다. 한때 '저녁이 있는 삶'이란 구호로 대중적 인기를 끈 정치인도 있었지만, 한국 사회의 평균적인 직장인은 아침도 점심도 저녁도 없는 삶을 사는 게 대부분이다. 언론사에서 시작한 내 직장 생활도 다르지 않았다. 취재하고 기사를 쓰고 다시 취재하는 일로 내 일상이 채워졌고, 책 한 권 읽을 시간조차 제대로 누리기 힘들었다.

그렇게 9년쯤 세월이 흐르자 내게도 '커리어 사춘기'란 게 찾아왔다. 취재하고 기사를 쓰는 실무에는 능숙해졌는데, 어쩐지 내 자아는 계속 소모되고만 있다는 초조함. 이걸 견딜 수 없어서 9년 차쯤에 퇴사나 이직을 택하는 사람들도 많다는데. 그런 초조한 우울감에 사로잡혀 지내던 어느 날, 광화문 교보문고를 찾았던 나는 이상한 제목의 책을 발견했다. 『이것은 물이다』. 하얀 표지에 작은 금붕어 사진이 박혀있는, 145페이지짜리 얇은 책. 데이비드 포스터 월리스가 저자라고 했는데, 이름은 몇 번 들어봤지만 읽어본 적은 없는 미국 작가였다.

만만한 두께다 싶어 큰 기대 없이 첫 페이지를 열었다. 그런데 드물게 찾아드는 벅찬 감정이 내 마음을 두드리기 시작했다. 서점 한구석에 쪼그리고 앉아 단숨에 그 책을 다 읽어버렸고, 두고두고 읽고 싶어서 책을 구입했다.

요즘도 일상에 갇혀버려 자아가 억눌린 듯한 초조한 우울감이 찾아들면, 나는 어김없이 이 책을 펼친다. 다 읽기 어려우면 처음 두 페이지라도 반드시 읽는다. 『이것은 물이다』는 월리스가 케니언 대학교 졸업생들에게 들려준 강연을 옮긴 책인데, 그 처음 두 페이지는 몹시 벅찬 이야기로 아름답다. 그러니까 이런 이야기다. 어린 물고기 두 마리가 물속에서 헤엄을 친다. 나이 든 물고기가 지나가다가 묻는다. "잘 있었지, 얘들아? 물이 괜찮아?" 잠깐 말이 없던 어린 물고기 한 마리가 옆의 물고기에게 되묻는다. "도대체 물이란 게 뭐야?"

내가 매일 보고 겪고 있지만 의미를 찾을 수 없는 것.

그것을 우리는 일상이라고 부른다. 그러니까 저 어린 물고기는 이렇게 되묻고 있는 것이다. "도대체 일상이란 게 뭐야?" 이런 낯선 물음을 던질 수 있을 때 비로소 물은, 그러니까 일상은, 이미 존재하는 것 이상의 의미로 말을 걸어온다는 것. 사는 대로 사는 게 아니라 생각하는 대로 살아갈 때 작은 성장이라도 이룰 수 있다는 것. 월리스는 저 작은 물고기들의 이야기를 통해 이렇게 힘주어 말했던 것이다. 이것이 물이라고. 이것이 바로 물이라고. 당신이 성장할 수 있는 곳은 바로 당신을 둘러싸고 있는 이곳, 일상이라고.

대학 신입생 시절 내 작은 일상을 깨뜨렸던 표절 의심 사건은 그래서 벅찬 성장의 이야기다. 그날의 벅찬 감정을 떠올리면 어쩐지 마음이 까슬까슬해진다. 마냥 기뻐만 할 수 없는, 잔뜩 움추린 설렘이랄까. '벅차다'는 우리말이 여러 뜻빛깔을 지닌 것도 그것이 성장에 관여하는 말이기 때문일 게다.

어떤 일로 기쁨이나 희망이 넘칠 때도, 어떤 일을 감당하기 힘들 때도, 우리는 똑같이 '벅차다'란 말을 쓴다. 기뿜으로 충만한 벅찬 순간이 지나고 나면 감당하기 힘든 벅찬 장벽을 마주하기도 하는 게 삶의 법칙이니까. 벅차게, 벅찬 만큼 생은 익어가고, 일상의 작은 틈에서 당신도 나도 그렇게 조금 성장한다.

비뚤다: 정치의 마음

기자 생활의 상당 기간을 정치부에서 보냈다. 첫 출입처는 열린우리당. 노무현 정부 때 반짝 여당이었다가 사라진 정당이다. 이후 여러 정당을 두루 거치며 취재했는데, 현재 민주당 계열 정당부터 국민의힘 계열 정당까지 스펙트럼이 꽤 넓었다. 정치부 기자로 산 세월이 짧지 않은 만큼, 초선 의원부터 대선 주자까지 숱한 정치인과 마주 앉았다. 그들은 대개 화려한 이력을 지닌 편이었는데, 어찌 된 일인지 무릎을 칠 만한 통찰을 그들로부터 길어낸 적은 별로 없는 것 같다.

갓 정치부에 배치됐을 때 가장 의아했던 부분이 정치인이라는 직업 정체성 그 자체였다. 국회의원 대다수는 빼어난 학력에 경력도 눈부신데, 무슨 이유에선지 정치판에만 들어오면 평균 이하의 지성으로 수직 낙하하는 걸까. 사적인 자리에선 지극히 상식적이고 선량한 사람들조차 국회에 입성했다는 이유만으로 비뚤어진 마음 상태로 뒤바뀌는 건 왜일까. 더더욱 이해하기 힘들었던 것은 평균 재산이 수십억대인 국회의원들이 선거철만 되면 너도나도 서민이라고 주장하는 일이었다. 그것은 명백한 거짓말이었지만, 그들은 하나같이 낯 두껍게 서민 코스프레를 했다.

총선부터 대선까지 여러 선거를 치르면서 발견한 사실이 그랬다. 선거 때마다 남용되는 말 가운데 으뜸은 단연 '서민'이었다. 선거가 다가오기 시작하면 후보들은 너도나도 서민 흉내를 내곤 한다. 한 낙마한 정치인이 기업 CEO 출신인 대통령을 일러 "뼛속까지 서민"이라 불렀을 때 이 서민이란 말은 정점을 찍었지만, 그 이후로도 표에 정신이 팔린 후보자들은 서로 "내가 진짜 서민"이라고 목청을 높였다. 어쨌거나 정치인들은 입버릇처럼 말했다.

"나도 서민이다. 서민을 위해 일하겠다." 재래시장에 달려가 비린내 나는 생선을 주무르기도 하면서 그들은 대놓고 거짓말을 했다.

정치인들의 빤한 선거 전략을 욕하기야 쉽지만, 저런 이들에게 나라의 운명을 내맡겨야 하는 진짜 서민들은 불쌍하다. 그러니 정신 똑바로 차려야 한다. 서민이란 말을 어떻게 이해하느냐는 후보자의 자질을 따지는 중요한 기준일 수 있다. 서민은 누구인가. 이런 사람들이다.

> 시장 벗어나 버스 정류장 지나쳐 / 길가에 쭈그리고 앉아 비닐 조각 뒤집어쓴 할머니 / 몇 걸음 지나쳐서 돌아보고 서 있던 아내 / 손짓해 나를 부릅니다 / 냉이 감자 한 바구니씩 / 이천 원에 떨이미 해가시오 아줌씨 / 할머니 전부 담아주세요 / 빗방울 맺힌 냉이가 너무 싱그러운데 / 봄비 값까지 이천 원이면 너무 싸네요 / 마다하는 할머니 손에 삼천 원 꼭꼭 쥐어주는 아내
>
> _김해화, 「아내의 봄비」 중에서

김해화 시인의 「아내의 봄비」란 시에서 옮겼다. 서민
이란 겨우겨우 먹고 사는 사람들이다. 봄비 내리는 길가
에서 냉이·감자를 파는 할머니, 그 할머니를 지나치지 못
하는 아내, 장짐을 든 채 그런 아내를 바라보는 시인. 이
들이 서민이다. 아내는 비를 맞으며 장사하는 할머니가
안타깝다. 해서 (아마도 계획에 없었을) 냉이와 감자를 사며
"봄비 값까지" 웃돈 천원을 건넨다. 저 아리따운 연민이
진짜 서민들의 마음 풍경이다. 이어진 연에서 할머니는
손에 삼천 원을 꼭 쥔 채 아내를 오래도록 바라본다. 그건
아마도 고마움의 잔향일 테고, 서민끼리의 소박한 연대감
일 테다. 시인은 그 뭉클한 풍경을 "꽃 피겠습니다"란 말
로 축약해 시를 끝맺었다.

이 시를 읽을 때마다 나는 서럽다. 서민이라고 우기는
정치인들에게 서럽게도 따져 묻고 싶어진다. 국회 입주를
탐하는 자들아, 무엇이 서민들의 삶에 꽃을 피우겠는가.
그것은 "봄비 값까지 이천 원이면 너무 싸네요"라고 말할
줄 아는 마음이다. 선거철에나 서민 흉내를 내는 게 아니
라, 서민들의 고된 삶을 "뼛속까지" 이해하고 어루만지는

일이다. 그러나 우리 정치판에서 그런 일은 매우 드물거나 아예 일어나지 않는다. 노점에서 장사하는 할머니. 그 빈궁한 노인의 손을 잡고 "봄비 값"을 말할 수 있는 정치인을, 나는 알지 못한다.

여야가 머리를 맞대고 서민의 문제를 풀어낼 해법을 찾아내는 게 정치라면, 적어도 지금 대한민국에 정치는 없다. 아마도 그것은 판타지 속에서나 가능한 일일 것이다. 하지만 판타지에라도 자주 노출되면 한국 정치가 조금은 달라지지 않을까. 그런 흐릿한 바람으로 요즘도 정치인을 만날 일이 생기면 빼먹지 않고 추천하는 책이 있다. 수년간 정치 현장에서 실컷 실망한 뒤 집어 들었던 이응준의 소설 『내 연애의 모든 것』.

아마도 2012년 무렵 나왔던 책일 텐데, 그때 나는 이미 정치판을 떠나 신문사 문학 담당 기자로 일하고 있었다. 잘 달아났다 싶다가도 희한하게도 자꾸만 정치판이 신경 쓰였던 시절. 이 소설의 판타지에 감전된 채 잠시나마 한심한 정치권에 실낱같은 희망을 품어보기도 했던 것 같다.

작가도 이미 인정했듯 '판타지' 정치 소설이다. 여당 의원과 야당 의원이 사랑에 빠지는 이야기. 판타지가 아니라면 양해가 안 될 만한 설정 아닌가. 그러니까 이런 이야기다. 남자는 보수 여당인 새한국당 초선 의원 김수영. 판사 생활 3년 만에 국회에 진출한 엘리트다. 여자는 소수 야당인 진보노동당 오소영 대표. 최연소 야당 대표이사 빼어난 외모로 유명세를 타고 있다. 두 사람은 날치기 법안 통과 과정에서 폭력 사건에 휩싸인다. 오소영이 던진 소화기에 김수영이 맞은 것. 김수영은 사과를 요구하고 갈등이 격화된다. 하지만 국회 안에서는 삿대질을 하다가도 국회 밖에선 협잡을 도모하는 여야 의원들의 행태를 보고 두 사람 모두 환멸을 느낀다. 그리고 그날 밤, 그 둘은 서로에게 스르르 빠져든다.

소설은 김수영이 대정부 질문을 통해 오소영에게 프러포즈하는 장면에서 정점에 이른다.

"총리, 서로가 완전히 다른 진짜일 때 그 남녀는 서로를 사랑할 수 있습니까."

"적어도 가짜 동지들끼리 사랑하는 것보다는 나을 것 같습니다."

"그럼 진짜 새한국당 의원과 진짜 진보노동당 의원이 진짜 적수가 되어 사랑하는 것도 가능하겠군요."

작가는 김수영이 사랑을 통해 국회의원의 소명 의식을 깨닫는 데까지 밀고 간다. 한 정치인이 사랑이란 숙제를 해결하는 과정에서 직업 정치인으로서의 정체성이 더 명확해진 셈이다. 정치란 서민 흉내나 내면서 권력을 탐하는 게 아니라, 소외되고 가진 것 없는 자들을 사랑하려는 마음의 소관이라는 것. 하지만 이것은 판타지다. 내가 겪어본 현실 정치의 마음은 사랑과는 무관한 지점에 아무렇게나 방치돼 있을 뿐이다.

지금 우리 정치의 마음은 비뚤기만 하다. 한쪽으로 기울거나 쏠려서 도무지 합쳐질 수 없는 마음들이 여의도 곳곳에서 부유하고 있을 따름이다. 비뚤어진 마음은 비뚤어진 정책을 부른다. 선거철에 서민 흉내를 내던 자들은 당선이 되면 더 많이 가진 자들의 편으로 비뚤어져 정치를 망가뜨린다.

기왕 비뚤어진 게 정치의 마음이라면 그것이 오히려

서민 쪽으로 확 비뚤어지길 꿈꾸는 게 타당하지 않을까. 해서 판타지 소설을 쓰는 마음으로 다시 한번 새겨두려 한다. 서민을 위하는 정치의 마음이란 어떤 종류의 것인가. 그것은 차가운 경제 현안 앞에서도 "봄비 값"까지 헤아릴 줄 아는 사랑의 마음이다. 그러나 나는 안다. 우리 정치의 비뚤어진 마음은 결코 사랑이란 판타지에 도달할 수 없을 것이다. 하지만 그런 판타지라도 없다면 이 비뚤어진 정치판을 무슨 수로 견딜 수가 있을까.

정치인은 혐오스럽지만 정치가 아니라면 우리 사회에서 해결할 수 있는 일은 아무것도 없다. 2023년의 봄, 여의도는 다시 내년 총선 준비로 분주해졌다. 이제 곧 너도나도 서민 경쟁에 나설 것이다. 결국 판타지로 끝날 테지만 흐릿한 희망이라도 붙잡는 마음으로, 나는 되묻는다. 꽃 피는 2024년 4월, 대한민국은 총선거를 치른다. 봄비는 내릴까.

*『김해화의 꽃편지』「아내의 봄비」, 김해화, 삶창, 2005

꼿꼿하다: 저절로 굳어버린 마음에 대하여

아버지는 세상과 작별하기 얼마 전부터 유난히 전쟁 이야기를 자주 했다. 그 자신의 유년기에 전쟁을 직접 겪은 '6·25 세대'이기도 하거니와, 직업 군인으로 살면서 북한을 실재하는 위협으로 여겼던 지난 세월이 한꺼번에 떠오르는 모양이었다. 전쟁이란 죽음의 공포를 환기시키는 사건일 텐데, 아버지에게 죽음이 다가오는 말년은 전쟁과도 같은 시간임에 다름 아니었을 것이다.

현대사를 이해하기 시작한 성장기엔 듣기 거북했던 이야기도 많았다. 아버지는 북한과 관련된 일이라면 과도한 적대감부터 드러냈는데, 그 밑도 끝도 없는 적개심이 불편해 아버지와 충돌한 일이 적지 않았다. 남북 정상회담이 이뤄지고 심지어 미국 대통령이 북한 김정은과 손을 맞잡는 일이 벌어져도 아버지는 물러설 기세가 아니었다. 가끔은 유튜브에서 쏟아지는 가짜뉴스를 들이밀면서 왜 이런 엄청난 일을 취재하지 않느냐고, 기자인 아들을 다그치기도 했다. 물론 그런 건 아무런 보도 가치가 없다고, 나는 아버지에게 면박을 줬고 한동안 부자 사이엔 어색한 기류가 흘렀다.

하지만 너무도 명백하게 죽음이 다가오는 시기에 아버지가 꺼낸 전쟁 이야기는 전혀 다르게 들렸다. 아버지는 일곱 살 때 마주친 전쟁이 얼마나 심각한 공포였는지, 또 20대 시절 직업 군인으로서 직접 겪은 북한은 얼마나 끔찍한 위협이었는지 내게 증언했다. 이를테면 아버지는 전쟁 중에 운동장 한가운데서 수업을 받다가 군인들이 들이닥쳐 집으로 황급히 도망친 일을 똑똑히 말했다. 군인들이 민가를 한번 훑고 지나가면 먹을 것들이 한꺼번에 동이 나버려 뒷산에 나무껍질을 벗기러 다녔던 일도 어제 일처럼 들려줬다.

여기까지는 그 세대라면 누구나 겪었을 법한 이야기였다. 그런데 아버지가 직업 군인이었을 때, 그러니까 소위 계급을 달고 소대장으로 있을 때 간첩 일당과 소규모 전투를 직접 치른 이야기는 오로지 아버지 그 자신만이 아는 직접 체험이었다. 1968년 김신조 일당이 청와대 뒷산으로 침투했을 때 아버지는 소탕 작전에 투입됐다. 체포된 뒤 언론 앞에서 "박정희 모가지 따러 왔수다"라고 당당히 말했던 그 유명한 간첩 말이다. 총 31명이 침투했는데 그 가운데 29명이 사살됐고 1명은 미확인, 김신조는 유일한 생존자였다.

박정희 정권의 언론들은 사살된 남파 간첩 수에 주목하고 그 전과를 대서특필했지만, 아버지는 당시 실제 교전에서 동료 여럿을 잃었다. 심지어 옆에서 함께 교전하던 소대원이 간첩이 쏜 총알에 맞아 죽어가는 장면도 목격해야 했다. 이 모든 게 아버지 나이 스물 다섯 때의 일이다. 요즘 같으면 집에서 독립하지도 못한 채 부모 뒷바라지를 받고 있을 나이다. 그런데 그 어린 청년이 실재하는 적군과 사투를 벌인 것이다. 평생에 걸쳐 군을 대로 굳

어버린 북한에 대한 적개심은 그 씻을 수 없는 트라우마
의 결과인지도 모를 일이다.

　나는 아버지의 꼿꼿한 적개심을 이해할 수도 있을 것
같았다. 아버지에겐 아버지의 내밀한 사적 역사가 있다는
것. 그러므로 그 사적 역사에 의해 저절로 기입된 마음까
지도 내가 탓할 권리는 없다는 것. 우리는 아버지 세대의
꼿꼿함에 '이해불가'라는 딱지를 붙이지만, 그것은 애초
에 우리의 이해가 닿을 수 없는 영역일지도 모른다. 그러
니까 꼿꼿한 마음이란 저절로 굳어버린 마음의 동의어다.
의도적으로 취한 것이 아니라 외부에서 주입된 마음이란
뜻도 되겠다.

　아버지는 끝내 그 꼿꼿했던 마음을 풀지 못한 채 저편
세상으로 건너갔다. 이제는 마주할 수도 없는 아버지의
그 꼿꼿했던 마음을 떠올릴 때마다 2012년 베트남 하노
이의 어떤 풍경이 떠오른다. 그것은 한 권의 책에서 비롯
된 일이다. 『전쟁의 슬픔』이란 베트남 소설을 읽은 건 그
해 초입이었다. 그때만 해도 아버지는 건강했고, 건강했

던 만큼 더 자주 북한 이슈로 나와 부딪혔다. 전쟁이라고 하면 아버지와 얽혀있는 한국 전쟁만 떠올릴 수밖에 없었던 나는 한 출판사 대표의 권유로 저 소설을 읽게 됐다.

『전쟁의 슬픔』은 베트남전을 배경으로 전쟁의 참혹함과 사랑의 애잔함을 함께 그리고 있었다. 주인공 끼엔이 전쟁터로 떠났다가 돌아오는 여정이 서사의 큰 줄기다. 그러나 단순한 전쟁소설은 아니었다. 오히려 그 중심은 연인 프엉과의 사랑이다. 소설은 생생한 전장(戰場) 묘사로 충실하거니와, 총성 가운데 피어오르는 사랑의 비가(悲歌)로 끝내 가슴을 무너뜨린다. 이 소설이 베트남전쟁이라는 특수한 역사적 배경을 지녔음에도, 영어·프랑스어·스페인어·일본어 등 16개 언어로 번역돼 세계 독자들의 마음을 훔친 것도 그 때문일 것이다.

이 소설을 읽으며 무엇보다 궁금했던 것은 작가 바오 닌이었다. 베트남 인민군의 일원으로 직접 전쟁을 치렀다는 작가로부터 아버지의 그 꼿꼿한 마음을 풀어낼 방도를 찾을 수도 있겠다 싶었다. 바오 닌은 자신이 쓴 작품에서 전쟁의 상흔을 연인 간의 사랑으로 넘어서고자 애쓰고 있지 않은가. 아버지의 꼿꼿함도 다른 어떤 정서로 극복할 방법이 있지 않을까. 그해 봄, 그런 기대 섞인 의문을 품은 채 나는 하노이행 비행기에 올랐다.

출판사의 제안으로 바오 닌을 직접 인터뷰하러 가는 길이었다. 거의 10년 만에 다시 찾은 하노이였다. 그 10년 새 하노이는 화려한 현대 도시로 옷을 갈아입었다. 낡은 오토바이로 번잡하기만 했던 거리엔 고급 승용차들이 즐비했다. 전쟁 직후 수도 하노이는 폐허였다. 마을은 폭격에 휩쓸렸고 도시의 골목에선 시체가 썩었다. 전쟁의 땅은 슬픔의 땅이었다. 한 세대가 훨씬 넘게 흐른 지금, 하노이에서 슬픔의 표정을 발견하기는 어려웠다. 한때 폐허였던 도시는 신흥개발국의 심장으로서 다만 팔딱대는 중이었다.

하지만 『전쟁의 슬픔』의 작가 바오 닌은 달랐다. 요란한 도시의 한구석에서, 그는 전쟁의 슬픔에 오래 붙들려 지냈다. 하노이에서 만났을 때, 그는 "나는 결코 전쟁 이전의 나로 돌아갈 수 없다"고 여러 번 말했다. 바오 닌의 집은 하노이 중심가에서 가까웠다. 좁은 골목을 비집고 들어가자 4층짜리 베트남식 가옥이 나왔다. 전쟁 때 사라졌던 마을이라고 했다. 미군의 B52 전투기가 폭격으로 쓸어버린 곳에 새로 마을이 들어섰다. "인간의 삶이란 이토록 빨리 복구되는 것"이라며 바오닌은 헛웃음을 지었다.

바오 닌은 17세 때 베트남 인민군에 자원 입대했다. 1969년부터 6년간 전투에 참여했다. 같은 소대원 가운데 그를 포함해 단 두 명만 살아남았다. 당시 경험을 토대로 쓴 소설이 바로 『전쟁의 슬픔』이다. "결국 이 소설을 쓰기 위해 살아남은 것 같다"고 그는 말했는데, 이해할 수 없는 운명에 항복해 버린 자의 표정이었다. 나는 그가 사랑을 매개로 전쟁의 슬픔을 극복하려고 애쓰는 중이라고 생각했지만, 그게 아닌 모양이었다. 한국의 출판사가 『전쟁의 슬픔』이란 제목을 바꿔 내자고 했을 때, 그는 한사코 반대했다고 했다. 베트남에서 전쟁의 슬픔은 여전히 그치지 않았단 이유 때문이었다.

하노이의 작가에게 전쟁의 슬픔은 지울 수 없는 운명으로 남은 듯했다. 그 운명을 바라보는 서울의 기자는 착잡했다. 대한민국에서도 전쟁의 슬픔은 그치지 않았다.

한반도는 지금 휴전 중이다. "한국이 분단 문제를 폭력으로 해결하지 않았으면 좋겠다"고 바오 닌은 말했는데, 나는 차마 긍정하지 못했다.

베트남에서 한반도의 슬픔을 떠올리는 일은 애달팠다. 그날 하노이의 작가와 서울의 기자는 밤늦도록 쓸쓸한 술잔을 부딪쳤다. 돌이켜 보면 그 쓸쓸한 술잔에는 아버지에 대한 짙은 번민도 녹아있었다. 수십 년이 지나도록 전쟁의 슬픔에 사로잡힌 베트남의 작가를 바라보며 나는 체념했다. 아버지는 끝내 꼿꼿한 마음에서 자유로울 수 없겠구나.

한국전쟁을 이야기할 때, 간첩 소탕 작전 중에 동료를 잃은 이야기를 꺼낼 때, 아버지는 종종 눈물이 고이곤 했다. 한창 건강했던 시절이 아니라, 죽음이 코앞에 다가왔을 때의 일이다. 그럴 때마다 나는 10년 전쯤 한 베트남 작가가 해준 말이 떠올랐다. "전쟁이란 겪지 않은 사람은 말할 수 없는 것입니다. 전쟁을 딱 하루만 겪어도 인간은 파괴됩니다." 그러니까 꼿꼿한 마음이란 파괴된 마음이다. 나의 의도와 무관하게 마음 한구석이 파괴돼 고장 나

버린 것이다.

아버지는 결국 꼿꼿한 마음을 내려놓지 못한 채 떠났지만, 그 고장 난 마음은 끝내 내 이해가 닿을 수 없는 영역일 것이다. 다만 그런 아버지를 떠올릴 때마다 나는 저절로 굳어버린 여러 마음들에 대해 생각해 보곤 한다. 우리 사회가 여러 방면에서 충돌하는 것도 실은 그런 꼿꼿한 마음들이 부딪히는 일에 다름 아닐 것이다. 그러니 부디 서로 힐난하기에 앞서 저절로 굳어버린 마음들에 대해 연민부터 품는 게 마땅한 이치가 아닐까. 당신도 나도 어떤 내밀한 사적 경험 탓에 꼿꼿해져 버린 마음이 있을 테니까. 그렇게 우리는 모두 조금씩 고장 난 마음을 품고 살아가는 심약한 인간이니까.

아련하다: 일부러 흐려진 마음

생애 처음으로 해외여행을 떠난 것은 1997년 여름이었다. 그해 겨울 닥칠 IMF 사태는 상상조차 못 했던 무렵, 세상은 여전히 제법 풍요로웠고 대학생이라면 조금만 노력해도 배낭을 메고 해외를 쏘다닐 엄두를 낼 수 있었다. 나는 유럽 배낭여행을 떠날 요량으로 1년이 넘도록 과외를 하고, 호프집 아르바이트를 했다. 그렇게 번 돈으로 암스테르담으로 떠나는 비행기에 몸을 싣던 날, 가슴이 벅찬 나머지 조금 울컥하기까지 했다.

무슨 대단한 목적이 있었던 것은 아니다. 다만 배낭여행은 당시 대학생들 사이엔 하나의 필요불가결한 문화

코드였다. 캠퍼스엔 배낭여행을 다녀온 그룹과 그렇지 않은 그룹이 나뉘었는데, 요즘 유행하는 표현으로 '인싸'가 되기 위한 과정이었던 셈이다. 대단한 목적이 없었던 만큼, 일정도 대개 유명 관광지 중심으로 짜여졌다. 나도 함께 갔던 친구도 비행기 자체를 처음 타본 터라 해외에 나간다는 것만으로도 우리는 선진국의 일원이 된 것처럼 의기양양했던 것도 같다.

네덜란드를 시작으로 독일, 프랑스, 스위스, 노르웨이에 이르기까지 기차를 타고 누비면서, 주요 관광지를 그야말로 곁눈질로 죄다 훑고 다녔다. 필름 카메라를 찰칵찰칵 눌러가며 배낭여행이란 과업을 성취했음을 인증하고 또 인증했다. 돌이켜 보면, 겨우 한 달짜리 일정을 꾸리면서 유럽을 통째로 삼키려 했던 것 같다. 젊은 대학생의 호기로움이기도 했겠지만, 더 정확히는 목적도 없이 공부도 없이 덜컥 떠났기 때문일 테다. 그런 이유가 아니었다면, 프랑스 루브르 박물관을 단 3시간 만에 주파하는 일도 없었을 것이고.

스위스 제네바의 어느 버스 정류장에서 노숙까지 해가며 방문할 도시를 더 늘려볼 생각만 했을 뿐, 무엇을 어떻게 보아야 하는지에 대한 아무런 정보도 의지도 없었던 것이다. 하지만 그렇게 겉핥기하듯 다녀온 유럽 배낭여행은 낯선 공간, 낯선 문화에 대한 막연한 동경을 더 키웠고, 훗날 무작정 1년간의 영국 생활을 시작한 결정적인 원형 체험으로 남았던 것 같다.

무작정. 그 몇 해 전 배낭여행이 그랬던 것처럼 2002년의 영국 생활 역시 치밀한 계획 같은 것은 없었다. 다만, 영국에서만 1년간 지내기로 한 것은 유명 관광지만 찍어서 다니는 겉핥기는 하지 않겠다는 의지였다. 런던에서 3시간쯤 떨어진 첼튼엄이란 작은 도시에서, 나는 공부하고 일하고 여행했다. 공부하면서 영어라는 언어를 집중해서 들여다봤고, 영국인들에 섞여 일하면서 그들의 일상을 함께 체험했으며, 여행하면서 주요 관광지와는 무관한 영국 문화의 작은 알갱이들까지 만져볼 수 있었다.

그 해 영국에서의 추억들은 내 20대를 추동하는 강력한

힘이었다. 2002년 영국 첼튼엄에서의 1년은 그즈음 내 생의 어느 순간과도 견줄 수 없을 만큼, 빛나는 순간들이었으니까. 하지만 20년의 세월이 흘러버린 지금, 나는 그 시간을 추억하는 일이 아프게도 아련하다. 그때의 내가 어렴풋해서 낯설게 느껴질 지경이다. 그 시절 스물여섯의 나는 지금 마흔여섯의 나와는 어떤 이질적인 존재였던 것은 아니었을까.

아련함은, 그러니까 통증을 수반하는 마음이다. 분명히 존재했던 시간과 공간이 순식간에 사라진 것처럼 흐려져서 내 존재마저 낯설게 여겨지는 것이다. 하지만 아련함에는 어떤 비의가 숨어있는데, 바로 특정한 추억들을 회피하고자 하는 의지가 작동하고 있다는 점이다. 무슨 연유에서인지 삶의 특정한 순간을 또렷이 되살리는 일이 고통스러워 일부러 흐려진 마음이랄까. 그러니까 아련하다는 것은 지나온 시간에 가림막을 치고, 그것을 흘겨보려는 절절한 의지의 투영이다.

특정한 추억이 묻어있는 시간을 일부러 흘겨보려는 마

음을, 이제 40대 중턱을 넘어선 나는 안다. 꿈이라면 무턱대고 달려들 수 있었던 20대를 꿈에 관한한 금치산자인 40대가 마음 편히 돌이켜 볼 순 없는 노릇이다. 무모했지만 당찼던 배낭여행을, 충만했지만 서툴렀던 영국 생활을 돌아보는 일이, 나는 아련하다. 그 시절이 흐릿하다기보다 그 시절을 추억하는 일이 흐릿해야 한다는 내 의지의 결과물일 것이다.

비슷한 맥락에서 20대의 책들을 돌아보는 마음 역시 아련함에 가깝다고 해야 할 것이다. 이를테면 20대의 내 가슴을 뛰게 했던 마르크스류의 사회과학서들을 감히 뒤적여 볼 의지가 내겐 없다. 20대의 내 지성을 지배했던 각종 예술서도 마찬가지다. 20대의 나는 예술과 가까운 곳에서 살아볼 꿈을 꿨지만, 40대의 나는 예술과는 너무 먼 곳에 정착해 버렸다. 유럽 배낭여행을 계획하고 영국 생활에 무작정 도전하던 20대 시절에, 영화나 미술을 다룬 책들이 내 책장을 메우고 있었지만 지금 그 페이지 속 풍경들은 내게 다만 아련하다.

지금 내 서재엔 20대의 책들이 그늘진 곳에 자리 잡고 있는데, 손길이 잘 닿지 않아 더 아련하게 여겨진다. 영국에서 지내던 스물여섯 무렵에 무슨 경전처럼 머리맡에 뒀던 그 책 역시 마찬가지다. 서경식 선생의 『나의 서양 미술 순례』. 영국으로 떠날 무렵 우선은 우아하고 거창한 제목에 끌려서 따로 챙겼는데, 선생이 들려주는 그림 이야기에 매료돼 틈이 나는 주말이면 런던 내셔널 갤러리를 자주 기웃댔다. 그 시절 나는 그림과 대화하는 법을 익혔는데, 전적으로 선생의 가르침 덕분이었다.

선생의 책에서 처음 접한 로베르트 캄핀의 '부인상'을 런던 내셔널 갤러리에서 직접 본 적이 있다. 영국에서 지내던 스물여섯의 어느 날, 아르바이트로 번 돈을 모아 나홀로 짧은 런던 여행을 떠났다. 선생이 책에 적어둔 것처럼 압도적으로 리얼한 실재감에 나는 매료됐고, 제법 오랜 시간 그림 앞에 서서 560여 년 전 그 여인과 대화했다. 그날 내 내면에서 무슨 대화가 오갔는지는 잊어버렸다. 삶의 깊은 고통 따위는 알 리가 없었던 대학생이었던 터라 심오한 대화가 오갔을 리는 없을 것이다. 어쩌면 내 일

방적 넋두리였는지도 모를 일이고.

　다만, 여인의 눈빛만큼은 오래 각인됐는데, 어디를 응시하는지 알 수 없는 아련함이 그곳에 있었기 때문이다. 캄펜의 부인으로도 추정된다고 하니 그녀는 삶의 질곡을 아는 나이일 것이다. 저 여인은 어쩌면 이제 중년에 이른 나와 같은 심경으로 지난 젊음의 때를 아련하게 돌아보고 있는 건 아닐까.

　그러고 보면, 추억이란 상실의 다른 이름이다. 찬란한 한때를 잃어버린 대가로 우리는 추억을 획득한다. 빛나고 눈부신 시간일수록 그 상실감은 커서 지난 일을 되돌아보는 것은 고통스럽다. 나이를 먹어갈수록 추억이 더 아련해지는 것도 그래서일 것이다. 꿈도 사랑도 잃어가면서 우리는 어른이 된다. 그 상실감이 자꾸 떠오르는 탓에 일부러 흐려진 마음으로만, 겨우 추억을 더듬어 보는 것이다. 너무 많은 걸 잃어버린 어른에게, 추억은 아련하게만 적힌다.

가엽다: 울음을 참는 자의 표정

눈물이 적은 편이 못 된다. 슬픈 드라마나 영화를 볼 때
는 물론이고, 길을 걷다가 불쑥 울음이 솟구칠 때도 적지
않다. 이를테면, 박스 더미를 잔뜩 끌어안고 리어카를 밀
고 있는 노인을 바라볼 때 나는 울음을 억누르지 못해 쩔
쩔맨다. 아버지를 떠나보낸 뒤로는 백발의 노인이 홀로
식사하는 풍경을 보면서 눈물을 훔칠 때도 종종 있다. 그
렇다. 내 눈물의 근거지는 아버지였다. 요즘 유난히 노인
들 앞에서 자주 울컥하는 것도 백발이 성성했던 아버지
의 마지막 모습이 떠오르기 때문일 테다.

아닌 게 아니라, 내 안에 찰랑이는 눈물은 아버지의 유산임에 틀림없다. 내 아버지는 그 또래들에 비하면 유별나게 눈물이 많은 사람이었다. 어린 시절, 함께 주말 드라마를 보다가 눈물을 주르륵 흘리는 아버지를 본 적이 한두 번이 아니다. 그럴 때면 아버지는 헛기침을 여러 번 하면서 아닌 척 넘기려고 했는데, 나는 코끝이 빨개진 아버지가 이상하게도 사랑스러웠다. 군인 출신인 아버지가 '울보'라는 사실은 어딘가 역설적이었지만, 그 눈물이 내 아버지의 따뜻한 인간미라고 생각하면 나는 자랑스럽기까지 했던 것이다. 하지만 세월이 흐르고 아버지가 병마와 싸우던 시기에 돌입하자 '울보' 아버지는 갑자기 어디론가 사라지고 말았다. 암 진단을 처음 받았을 때도 아버지는 나처럼 많이 슬펐을 테지만, 눈에 잔뜩 힘을 주고 눈물만큼은 참아내는 결연함을 보였다.

말년의 아버지는 다양한 표정을 잃어버린 채 단 하나의 얼굴로 수렴되는 듯했다. 울음을 참는 자의 표정. 그 표정을 처음 봤던 기억이 지금도 생생하다. 10년도 더 지난 일인데, 그날은 아버지가 정기 검진을 받으러 서울의 큰 병원에 온 날이었다. 당시 아버지는 몹시 쪼그라든 모습이었다. 이미 암으로 투병 중이었는데, 해명하기 힘든 근무력증까지 시달리는 중이었다.

알 수 없는 병명을 떠안고, 서울의 큰 병원에 검진 차 올라온 날. 서울에서 일하는 아들은 눈치껏 조퇴를 하느라, 뒤늦게 병원에 도착했다. 아버지는 엄마가 싸준 도시락을 병원 한구석에서 먹고 있었다. 밥알이 여기저기 흘러 있고 반찬도 형편없어 보여서, 나는 분노인지 슬픔인지 알 수 없는 감정에 휩싸였다.

그즈음의 아버지는 누군가의 도움이 없으면 보행도 불편한 지경이었지만, 하필이면 엄마까지 발목을 다쳐 서울 병원에 아버지 홀로 올라온 참이었다. 진료실 앞 의자에 앉은 채로 아버지는 아무 말 없이 내 손을 잡고 있었다. 아버지의 손이 퍽 앙상해서 마음이 몹시 어수선했다. 드디어 아버지가 호명되고, 의사 앞에 앉았다. 병명이 불확실한 상태에서 의사는 이것저것 물어봤는데, 답하기가 곤란할 때마다 아버지는 뒤를 돌아보면서 나를 찾았다. 의사는 아버지를 높은 의자에 앉히고, 다리를 굽혔다 펴보라고 했다. 아버지가 땀을 흘리며 안간힘을 써봤지만, 다리는 가까스로 움직이다가 풀썩 내려앉곤 했다. 아버지는 거의 울 것 같은 얼굴로 내 손을 다시 잡았다. 아버지 손이 조그맣게 떨리고 있었다.

그날 나는 분명히 보았다. 의사가 고개를 가로저으며 "병명이 불분명하다"고 말할 때, 아버지 눈에 설핏 비쳤던 눈물을. 인간은 태어나서 부모 손에 이끌리다 다 자란 뒤엔 부모의 손을 이끌어야 하는 존재다. 부모의 돌봄을 받던 아이는 자라서 부모를 돌보는 어른이 된다. 아버지 눈에 설핏 비쳤던 눈물은 이제는 나를 돌봐달라는 신호였을까. 그러나 그날 아버지는 끝내 울음을 삼켰다. 눈두덩이 벌겋게 번진 채로, 아들 앞에 눈물을 쏟는 일만은 최선을 다해 참아냈다. 자식에게 짐이 될까 봐. 내 자식이 나 때문에 고통받을까 봐 그랬던 것이리라.

힘들게 울음을 삼킨다는 건 실은 목 놓아 크게 울고 있다는 뜻이다. 나는 가까스로 눈물을 누르고 있는 아버지를 바라보며 어쩐지 가엽다는 마음이 들었다. 적절한 비유인지 모르겠지만, 마치 어미 잃은 새끼 강아지를 바라

보는 마음이랄까. 누군가로부터 어떤 연약함이 사무치게 감지되면, 내 마음은 어김없이 가여움에 가 닿는다. 연약함이란 존재의 한계이므로 쉽게 극복되기 힘든 본성이다. 그러므로 가여움이란 어쩔 도리가 없는 일 앞에서 쩔쩔매는 처연함이기도 하다. 울음을 참는 아버지를 바라보는 일이 꼭 그랬단 말이다. 눈물을 끝내 누르고 있는 자의 표정 앞에서 나는 가여운 마음을 누를 길이 없었다.

그러니까 나는 그 도리 없는 가여움의 굴레에서 벗어날 방도는 없을까 고민해 본 적이 있다. 울음을 참는 자의 표정은, 그러니까 내 아버지의 그 처연한 얼굴은 참기 힘든 애달픔과 구슬픔을 동반했으므로 가급적 회피하고 싶었던 것이다. 그래서 그즈음의 나는 몇 해 전 스치듯 읽었던 한 권의 책을 떠올려 보곤 했다. 제목이 몹시 직설적인데 『힘들 땐 그냥 울어』라는 책이다.

곰곰이 생각해 보면 '눈물'만큼 넉넉한 동사를 취하는 우리말도 드물다. 이를테면 우리는 눈물이 고이거나 핑 돌거나 흐르거나 샘솟거나 쏟아진다 따위의 말을 흔히 쓴다. '눈물'이란 말이 이토록 넓은 스펙트럼을 거느린 건 아마도 고통과 슬픔에 대처하는 사람들의 자세가 퍽 다양하기 때문일 터다.

'힘들 땐 울어'라고 당당하게 선언해 버린 그 책은 그 모양새가 어떠하든 눈물이 고통을 이겨내는 자양분임을 증언하는 내용이었다. 눈물을 짓든 머금든 글썽거리든 질질 짜든, 작심하고 울어버리는 일 자체가 지닌 신비를 들려줬다. 책을 쓴 스즈키 히데코 수녀는 일본에서 말기 중환자들의 심리 치유를 돕고 있다고 했다. 삶과 죽음의 경계에서 '고통의 신학'을 실천하는 스즈키 수녀는 책을 통해 "눈물만큼 마음에 힘을 주는 것도 없다"며 괴롭고 지칠 땐 마냥 울어보라고 권하고 있었다. "슬픔에 맞선 눈물은 인생을 좀 더 살 만하게" 만들 것이라며, 그러니까 힘들 땐 그냥 울어버리라고, 조금은 강압적인 목소리로 채근했다.

나는 어쩐지 그 강압적 권유에 손을 내밀고 싶었다. 눈물의 힘을 가급적 신뢰하고자 했고, 그렇게 지난 내 삶에 담긴 눈물의 풍경을 떠올리면서 썼던 책이 산문집 『우리는 눈물로 자란다』이다. 그 책의 맨 첫 장에 나는 이렇게 적었다. '눈물이란 인간에게서 흘러내린 별이다. 많이 울어본 삶이 더 반짝인다.' 눈물은 우리 삶을 반짝이게 하는 '액체 보석'이다. 그런 믿음으로 그 책을 엮었고, 누군가 서명을 받고자 책을 내밀면 다음과 같은 문구를 덧붙여 적어줬다. 'OO님에게, 눈물의 힘을 신뢰하는 마음으로' 그로부터 몇 년간 저 문구는 내 신념의 한 축이었다. 병이 깊어진 아버지는 삶의 끝자락이 다가올수록 더 굳건하게 울음을 참는 자의 표정을 지었고, 그럴 때마다 나는 그 모습이 가여워서 슬픔을 누르지 못한 채 눈물을 짓곤 했다.

생의 절벽 앞에서, 그러나 아버지는 끝내 울지 않았다. 아버지가 생전에 육성으로 건넨 마지막 한마디는 "울지 마라"였다. 엄마가 요양원에 있던 아버지와 전화 통화를 하며 흐느끼자 아버지가 그랬다는 것이다. "울지 마, 울지 말라고." 몹시 힘겨운 목소리로, 그 자신도 울고 싶지만 끝내 참으면서 그렇게 애달프게.

끝내 아버지는 떠났고, 나 역시 아들을 둔 아버지가 되

274

어 끝내 참아낸 눈물의 가치를 떠올려 보곤 한다. 아버지가 되니 아버지가 삼켰던 눈물이 비로소 제대로 보였다. 나 역시 삶에 지쳐버려 울고 싶을 때가 더러 있지만, 아들 앞에서 나는 울지 못한다. 하는 수 없이 울음을 참는 자의 표정으로, 가까스로 눈물을 억누른다. 힘들게 울음을 삼킨다는 건, 실은 목 놓아 크게 울고 있다는 뜻이다. 모든 억눌린 눈물은 가엾다. 울음을 참는 자의 표정. 가여운 아버지를 떠올리는 아버지가 되어 나는, 가엾게도, 목이 멘다.

애끓다: 작별할 수 없는 슬픔

　노벨문학상을 수상한 프랑스 소설가 아니 에르노는 지독한 작가다. 민망할 정도로 자신의 삶을 까발리는 식으로 작품을 쓴다. 특히 수치스러울 만큼 가난했던 부모의 삶은 자신의 문학적 자양분이 됐다. 그의 소설을 읽는 일은 그래서 고통스럽다. 얼핏 내 부모의 삶이 겹쳐 읽히기 때문이다.

　아버지가 삶의 막바지에서 사투를 벌이던 응급실에서, 나는 아니 에르노의 소설 『남자의 자리』를 떠올렸다. 이 소설은 아버지가 죽는 장면으로 시작된다. 작가는 지극히 담담히 아버지의 죽음을 서술한다. 하도 객관적이어서 가슴이 더 먹먹해진다. 예컨대 이런 식이다. '아버지의 시신은 비닐봉지에 넣어져 계단 위로 질질 끌리다시피 하여 관으로 옮겨졌다.'

말하자면 저 문장이 현실이 되는 장면을 나는 앞두고 있었던 것인데, 아버지의 산소포화도가 떨어지는 와중에 저 소설이 문득 떠오른 것은 어떤 불안감의 현현이었을지도 모르겠다.

실은 장례가 아니라 면회를 하러 가는 길이었다. 그 며칠 전 아버지는 처음으로 요양병원에 입원했다. 모든 게 순식간에 벌어진 일이었다. 아버지는 폐암 4기 환자였지만, 그 무렵 기력을 제법 회복하던 중이었다. 누워서만 지내던 아버지가 조금씩 걸을 수 있게 됐고, 이렇게만 간다면 앞으로 몇 년은 거뜬하겠단 생각이 들 정도였다.

하지만 어느 날 아침 아버지는 또다시 쓰러졌고, 도무지 감당할 수 없는 상태에 이르자 '질질 끌리다시피' 요양병원에 입원한 것이다. 아버지가 입원한 날 엄마는 내내 울었다. "내가 니 아버지를 병원에 가두고 왔다. 내가 죄인이다…."

요양병원에 입원한 뒤로는 모든 상황이 급격히 기울기 시작했다. 병원에선 아버지가 아예 식사하는 걸 거부하고 있다고 연락이 왔다. 대통령 기사였는지 야당 대표 기사였는지 정신없이 기사를 처리하던 시각이었다. 나는 다급히 대구에 있는 요양병원에 전화를 걸었다. 한참을 기다린 뒤에야 아버지에게 연결이 됐다. "아버지, 제가 이번 주말에 면회 갈게요. 식사부터 하세요. 그래야 기운 차려서 퇴원하실 수 있어요."

아버지가 뭐라고 답했는지는 분명치 않다. 그 무렵에는 발음조차 뭉개질 정도로 쇠약한 상태였으니까. 다 뭉개진 발음으로 "나는 괜찮다"라고 말했는지 "나 좀 데려가"라고 했는지, 나는 알 수 없다. 다만 아버지의 뭉개진 발음에 섞여 있는 울음만큼은 알 수 있었다.

아버지는 최선을 다해 울지 않고 있었지만, 그 안간힘이 나는 서글펐다. "아버지, 꼭 퇴원하실 수 있으니까… 식사부터 하세요." 울음을 꾹 누르고 그렇게 다짐하며 전화는 끊겼고, 나는 그 며칠 뒤 아버지를 면회하려고 대구행 기차에 몸을 실었던 것이다.

기차에 몸을 파묻고 복잡한 생각을 떨쳐내려 음악을 들으며 내려가는 길이었다. 언니네이발관이 내 귀에 대고 노래했다. '너를 떠나보내고 난 침묵 속에 빠졌네 / 오지 않을 날들을 바보처럼 그리다 / 거울 속의 나에게 다짐하 듯 했던 말 / 다시는 널 보내지 않겠다'〈영원히 그립지 않을 시간〉

그래, 이 시간들은 영원히 그립지 않을 것이다. 이제는 삶의 끝자락에서 식사조차 못 해서 관을 삽입하게 된 아버지. 곁에서 지켜보는 가족들도 아프지만, 누구보다 고통스러운 건 아버지일 것이다. 가족들에게도 아버지에게도 지금 이 순간은 영영 그립지 않을 테지.

그런 슬픈 생각에 잠겨 깜빡 잠이 들었을까. 다급한 진동음이 울렸고 전화를 받으니 더 다급한 엄마가 울먹이며 소리치고 있었다. "아버지가 지금 이상하단다. 곧 어떻게 될지도 모른다는데… 이제 어떡하지… 어떡해…."

그렇게 된 일이었다. 내 앞에는 요양병원에 입원한 아버지가 아니라, 대학병원 응급실에서 사경을 헤매는 아버지가 있었다. 동대구역에 내리기도 전에 아버지는 이미 응급 후송이 된 이후였다. 응급실에 도착했을 때 아버지는 축 늘어진 채 가만히 누워 있었고, 엄마는 발을 동동 구르며 울고 있었다. 병상 모니터는 불안하게 출렁였지만, 대체로 수치가 떨어지는 중이었다.

나는 아버지 손을 잡았다. 온기는 없었지만 손가락 끝이 미세하게 까딱였다. "아버지, 막내 왔어요. 면회 온다고 했는데 왜 여기 계세요. 아버지, 좀만 계시다가 집에 가십시다." 그때만 해도 응급 상황만 넘기면 퇴원할 수 있을 것만 같았다.

하지만 의료진은 단호했다. 마지막 작별을 준비하는 게 좋겠다고, 담담하고 냉정하게 말한 뒤 아버지의 사후 절차까지 안내했다. 갑작스런 작별이 견딜 수 없다는 듯 엄마는 같은 말만 되풀이하고 있었다. "당신, 이렇게 가면 안 돼. 나한테 꼭 해야 할 말 있잖아. 당신, 이렇게 가면 안 돼…."

그날 나는 꼬박 13시간 아버지 곁을 지켰다. 천천히 생명이 꺼져가는 모습을 지켜보면서 아버지와 오래 대화했다. 죽음으로 건너가는 아버지는 말은 하지 못했지만,

내 이야기를 듣고 있는 것 같았다. "아버지, 초등학교 다닐 때 말이에요…." "아버지, 연초에 우리 같이 목욕 갔을 때…." "아버지, 그러니까… 우리가 같이 장어탕 먹었을 때…." 추억을 잔뜩 풀어내면서 아버지 얼굴을 쓰다듬을 때, 딱 한 번 아버지가 실눈을 떴다. 그러곤 눈물방울이 설핏 고이는 것이었다. 그것이 내가 마지막으로 본 아버지의 생명 현상이었다.

일흔여덟. 어려서부터 가난했고, 장성한 뒤로도 그 가난에서 크게 벗어난 적이 없었던 내 아버지의 생애는 눈물 한 방울로 마침표를 찍었다. 병상 모니터는 경보음을 울렸다 멈추기를 반복했고, 미약하나마 출렁이던 각종 수치가 급격히 떨어지더니 마침내 아버지의 숨소리가 희미해지기 시작했다. 아버지 곁을 지키던 우리 세 식구, 엄마와 형과 나는 오열하며 그 장면을 지켜봤다. 위급하단 신호음을 내던 병상 모니터마저 작동을 멈추자 응급실 의료진들이 다가와 하얀색 천으로 아버지 얼굴을 덮었다. 죽었다, 아버지가. 그 엄연한 사실이 무슨 벼락처럼 내 삶에 내리꽂혔다.

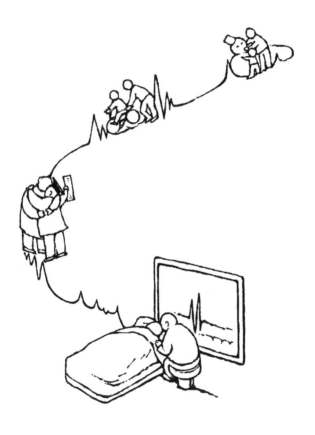

아버지의 호흡이 끊어지던 순간, 나는 가슴이 찢어질 듯한 슬픔에 짓눌렸다. 실제로 숨을 멈춰버린 아버지를 붙들고 울음을 토해낼 때 가슴 한구석이 몹시 고통스러웠다. '애끊는 마음'은 내가 이런저런 글을 쓸 때마다 관성적으로 쓰던 표현이었지만, 그것이 실질적으로 내 마음에서 작동한 것은 처음이었다. 나는 내가 잘 알지도 못하는 마음 상태를 그저 관성적으로 아는 것처럼 써왔던 것이다.

애끊다. 사전은 '몹시 슬퍼서 창자가 끊어질 듯한 마음'으로 풀이하지만, 실은 그 고통의 크기는 그런 한가한 뜻풀이를 뛰어넘는 수준의 것이었다. 단 몇 줄로는 요약될 수 없는, 복잡하게 고통스런 슬픔. 마음뿐 아니라 육체의 고통을 묵직하게 동반하는 슬픔. 내가 겪은 애끊는 마음은 겨우 이렇게만 설명이 가능하다. 애끊는 마음은 육체적 고통을 반드시 수반한다. 슬퍼서 고통스런 마음이 육체의 고통으로 가장 빨리 전이되는 순간, 우리는 애끊는 마음에 짓눌리기 시작하는 것이다.

미처 다 알진 못했겠지만 책을 통해 애끊는 마음의 일단을 더듬어 봤던 기억은 있다. 응급실의 아버지 곁에서 떠올렸던 아니 에르노의『남자의 자리』는 너무 덤덤해서 그런 절절한 감정 표출과는 거리가 멀다. 내게 애끊는 마음의 일단을 보여줬던 책은 김주영 작가의『잘 가요 엄마』란 소설이다.

아버지가 이제 막 암 치료를 시작했던 10년 전쯤, 부모의 죽음이 먼일이 아닐 수 있겠단 생각에 어수선했던 시기. 당시 일흔셋이었던 노(老)작가가 아이처럼 '엄마'란 제목을 붙인 것부터가 어딘가 애잔해서 집었던 책이었다. 알고 보니 작심하고 쓴 자전소설이었다.

소설 속 어머니는 실제 작가의 어머니였다. 작가는 그의 표현대로라면 "누더기 같은 가정사", 숨기고 싶었던 어머니의 한평생을 소설을 통해 털어놨다. 작은 키에 콧등이 땅에 스칠 듯 휘어버린 허리, 주름투성이 얼굴과 손등, 마른 입술 사이로 드러나 보이는 누런 틀니…. 일평생 고된 노동으로 쪼그라들기만 했던 어머니가 죽었다. 소설은 어머니의 죽음을 알리는 동생의 전화로 시작하는데, 아들의 삶을 욕보였다고 생각한 가난한 어머니는 장례도 치르지 말고 화장하라는 유언을 남겼다. 미숫가루처럼 날리는 어머니의 유해…. 아들은, 아니 김주영 작가는 중얼거린다. "엄마, 잘 가요."

일흔셋 아들이 아이처럼 "엄마"를 부르는 애끊는 마음을, 이제는 나도 알 것도 같다. '애끊다'고 말할 때의 '애'는 창자를 뜻하는 순우리말이다. 마음(心)은 대개 심장에 서식하는 것처럼 인식되지만, '애'를 취하는 마음 표현들은 창자에 관여된 것들이다. 그러니까 일반적인 마음과는 그 작동 원리가 다르다는 뜻도 되겠다. 애끊다, 애달다, 애타다, 애끓다….

창자와 관여된 마음의 말들은 슬픔과 안타까움의 최상급에 해당된다. 그 가운데서도 가장 강도가 센 것이 애끊는 마음일 것이다. 애끊는 것은 슬픔을 도무지 견딜 수 없어서 아이처럼 칭얼대고 싶은 마음이다. 일흔셋 노작가가 죽은 어머니 앞에서 "엄마, 잘 가요"라며 흐느낄 때, 그의 마음은 '애'가 끊어질 듯 고통스러웠으리라.

아버지의 육신을 마지막으로 어루만진 입관식 때, 나도 그랬다. 성인이 된 뒤로 한 번도 "아빠"라고 불러본 적이 없는 나는 죽은 아버지를 매만지며 애끊는 목소리로 칭얼댔다. "아빠, 갑자기 가버리면 어떡해… 잘 가요, 아빠…." 그러나 그로부터 몇 달이 지났지만, 나는 '아빠'를 떠나보내지 못했다. 아버지를 추억할 때마다 애끓는 마음은 아프게도 피어난다. 부모를 잃은 슬픔은 끝내 사라지는 게 아니라, 평생 참아야 하는 것인지도 모른다. 애끓는 마음은 끊어지지 않는다. 헤어지려 해도 헤어질 수 없는 마음, 감히 작별할 수 없는 슬픔이다.

에필로그

마흔을 넘어서면 근사한
어른이 될 거라 믿었습니다.

어떤 것에도 미혹되지 않는,
나에겐 단단하면서도 남에겐 다정한
진짜 어른 말입니다.

저는 여전히 자신이 없습니다.

다른 이에게 다정하기는커녕

스스로에게도 물렁한 채로
마흔 중턱마저 넘어버렸습니다.

무력감, 열패감, 비애감,
알 수 없는 어떤 감정들이 몰려와
낭패스러웠던 순간들이 많았습니다.

그러나, 숨쉬기조차 버거운 노동의 날들은
저 해명할 수 없는 마음들을
되돌아 볼 순간을 허락하지 않았습니다.

밥벌이에, 중요한 일에 짓눌려
내 삶에, 소중한 일들을
놓쳐버린 것이지요.

난수표 같은 마음을 받아들고
여러 책들을 뒤적이며
해답을 찾아 헤매던 숱한 밤들.

밤의 서재는 내 마음의 해답지와도 같은
감정도서관처럼 여겨졌습니다.

그 밤, 그곳에서
나는 사색했고, 그 사색들이
오래도록 맴돌면서
희미했던 내 마음도
조금씩 얼굴을 드러냈습니다.

내 안에 머물렀던 마음의 사색들을
여기 적습니다.

이 책을 적는 동안
아내와 아들, 혈육이 건네는
독보적인 위안에 대해
오래 사색했습니다.

그 사색의 시간 속에서
아버지는 투병했고,

끝내 저편 세상으로 건너갔습니다.

홀로 저편으로 건너간 아버지를,
홀로 이편에 남겨진 어머니를
사무치게 감각하면서,
세상에는 도무지 해명할 수 없는
마음도 있다는 것을 단단히 새겼습니다.

내가 해명할 수 있거나 해명할 수 없는
그 모든 마음들에게,
고맙다는 인사를 전합니다.

2023년 겨울

정강현

좋은 사람이란 어떤 사람인가. 나는 정강현 기자의 문장에서 좋은 사람을 발견한다. 책임감 있고 순수하며 사랑 많은 인간의 희망과 절망을 읽는다. 그의 희망과 절망은 어쩐지 나의 것들과 닮았다. 동시대를 살아가는 인간으로서, 참혹한 세상을 애통해하고 가련한 것들에 공감할 줄 알며 소중한 것을 오롯이 애틋해하는 이 좋은 사람의 이야기를 많은 독자들이 사랑하리라 생각한다.

김윤아(가수, 밴드 '자우림')

나 자신으로 향하는 문을 열기 위해 기꺼이 비행기에 오르는 사람이 있다. 책과 사람, 여행 등 만나고 헤어지는 일을 예사롭게 생각하지 않는 사람이 있다. 낯선 세계 속으로 선선히 걸어 들어가는 사람이 있다. 몸을 경유해 각양각색의 마음을 살피는 사람이 있다. 작고 연약한 것들의 소리에 성심껏 귀 기울이는 사람이 있다. 바로 정강현이다. 그가 이 책에서 건져 올린 동사와 형용사는 하나같이 삶을 수놓는 것들이다. 그러나 그것은 지나치기 쉬운 감정을 직면하는 자에게만 제 비밀을 보여주는 것이기도 하다. 사색하고 공감하고 성찰하고 때로 자책하기도 하면서, 정강현은 감정의 갈피를 잡고 마음의 밀도를 헤아린다. 항시 곁에 두고 심신이 시큰거릴 때마다 열어보고 싶은 책, 방문하고 싶은 도서관이다.

오은(시인)

그의 단어를 좋아한다. 그중에서도 그의 형용사와 부사를 사랑한다. 도무지 뻔하게는 못 사는 사람답기 때문이다. 비유하자면 사람 모두가 겪는 일은 명사와 동사에 가깝다. 태어나고 성장해 직업을 가지고 가까운 죽음을 경험하는 그런 일들. 하지만 거기에 붙인 형용사나 부사는 그만의 것이다. 정강현 선배의 단어들은 예상치 못한 조합으로 등장해 불쑥 마음에 들어온다. 우연은 아니다. 그는 말할 때나 쓸 때나 기를 쓰고 단어를 골라내니까. 참으로 마음 깊숙이 내려가 쓰는 작가다.

이 책은 순전히 그만이 쓸 수 있는 단어의 모음집이다. 정확하게는 그 단어를 바로 그 자리에 위치시킬 수 있는 단 한 사람의 글이다. 우리는 누구나 아버지를 이미 잃었거나 잃게 될 사람들이지만 누구도 이 사람처럼 아름다울 정도로 아프게 쓸 수는 없다. 이 보편적 상실은 그가 적었기 때문에 읽는 사람의 박동을 바꾸는 일이 된다. 고르고 고른 단어 덕이다. 쓴 사람은 자신의 마음을 온 힘 다해 표현했는데, 그걸 읽은 우리는 각자의 마음을 들여다본다. 내 얘기를 털어놓은 희한한 기분이 된다. 이게 바로 정강현식 단어의 마법 같은 힘이다.

김호정(중앙일보 음악 담당 기자,『오늘부터 클래식』저자)

감정도서관

초판 1쇄 발행 2023년 12월 18일

지은이 정강현

그린이 이혜지

펴낸이 안종만·안상준

편집 총괄 장혜원

제작 고철민·조영환

펴낸곳 (주)박영사

등록 1959년 3월 11일 제300-1959-1호(倫)

주소 서울시 금천구 가산디지털2로 53, 210호(가산동, 한라시그마밸리)

전화 02-733-6771   **팩스** 02-736-4818

이메일 inbook@pybook.co.kr   **홈페이지** www.pybook.co.kr

ISBN 979-11-303-1510-2 03810